「アメリア……！」
「トーマ君！」

アメリア
元宮廷錬金術師。
辺境で幸せな
第二の人生を
スタート。
トーマ
辺境領地の領主で、
アメリアの幼馴染。
魔法剣士の
才を持つ。

エルメトス
魔法使い。
トーマの師匠。
???
アメリアの前に
現れた謎の少女。
世界の秘密を知って
いるようで……?
アルカリア
エドワードの兄。
他国に戦争を
仕掛けようと
目論んでいる。
エドワード
隣国の王子で、
トーマの友人。
好き勝手に
振る舞っているように
見えるが……?

ゆっくりと扉が開き、
新郎のトーマ君の姿が見えて、
ホッとしたように優しく笑う。
「大好きだよ、トーマ君」

元宮廷錬金術師の私、辺境でのんびり領地開拓はじめます！

～婚約破棄に追放までセットでしてくれるんですか？～

3

日之影ソラ

ill.匈歌ハトリ

I am a former court alchemist,
and I am going to start
cultivating a territory in frontier.

CONTENTS

プロローグ　両想いな二人

Prologue

季節は巡る。通常よりもずっと速く、目まぐるしく移り変わっていく。春の風が力強く吹き抜けたかと思えば、汗が蒸発するほどの日差しが照り、いつの間にか暑さは和らいで空気が乾燥し、気づけば外は一面純白だ。

そうしてまた、春の風が吹き抜ける。

この場所は、この領地はそういう場所だった。季節の移り変わりがとても速い。

本来ならば三か月ほどで移り変わる春夏秋冬が、三倍の速度でやってきては去っていく。外の人たちが一つの季節を経験する間に、ここでは三つの季節を経験する。

まるでここだけが別世界のようだと、初めてこの場所にやってきた者は思うだろう。私もそのうちの一人だった。

慣れるまではとても大変だ。季節の変化に身体《からだ》は敏感に反応して、いつもより余計に疲れたりしてしまう。考えることも多かった。

季節の巡りが速いということは、作物の実りや、野生動物が暮らす時間も大きく変わってきてしまう。衣食住のどれをとっても、普通ではいられないだろう。

「よいしょっと」

私は研究室のテーブルの上に素材が入った木箱を置く。流れ落ちる汗を拭って、外の景色を見つめる。

今日はとても綺麗《きれい》な青空が広がっている。

季節は春になった。雪はまだ完全に溶け切っていないけれど、暖かな陽気が領地に降り積もった白い雪を溶かしている。

春は強い風が吹く。それこそ、建物を軽々と吹き飛ばしてしまいそうなほどの強風が。領地の人々はそんな風に抗《あらが》い、悩まされ続けていた。

けれど今、風は落ち着いている。無風、とはならないけれど、比較的風が穏やかに吹いているのがわかった。

窓の外から見える植物が緩やかに左右に揺れているから。

「なんだか私が初めてここに来た日みたいだなぁ」

私がトーマ君に見つけてもらって、初めてこの領地にやってきた時も春だったはずだ。その日も風は穏やかで、最初は辺境なだけで普通の場所だと思っていた。

その考えは一瞬にして吹き飛ばされた。文字通り、荒々しく吹き抜ける風に、私の軽い考えなんて攫《さら》われてしまったんだ。

それから私はこの領地で暮らす人々が、少しでも安心して生活できるようにと願って働いている。

いろいろなことがあった。

わずか四か月の間に季節は一巡して。たくさんの出会いが私を待っていた。大変なことも多かった。自分一人じゃ解決できない悩みもあった。

そんな時はいつだって、私の周りには頼れる人たちがいてくれた。トーマ君、シュンさん、イルちゃん、シズク、この領地で暮らす人々。

お隣の国からエドワード殿下が突然やってきた時は本当に驚きもした。彼とトーマ君が友人だと知ってさらに驚かされた。

領地を飛び出して、隣国でお悩みを解決したりもした。

そしてこの領地をずっと見守ってきた魔法使いのエルメトスさんが、私たちにこの地で起きた出来事を、真実を語ってくれた。

三百年前、この地を襲った悲劇と、人々が起こしてしまった大きな戦争。その犠牲となったのは当時の人たちだけじゃなくて、現代に生きる人々もだった。

大魔法の連発で環境が変わってしまい、とても安心して暮らせるような場所ではなくなってしまったんだ。

それでも、この地が大好きで残ってくれた人々がいる。端から見れば単なる物好きでしかなくて、賢い人は便利な街に移住する。

だけどこの地の人々は、どれだけ困難な日常が待っていると理解していても、明日を信じて共に生き続ける道を選んだ。

決して賢くはなくとも、誰よりも誠実で、勇敢で、優しい人々なのだと私は思っている。

そんな人々が暮らす場所だから、私は頑張って守りたいと思った。

今も思い続けている。

「さぁ、お仕事をしましょう」

随分と思いにふける時間が長くなってしまったけれど、私にはやらなくちゃいけない仕事がある。

季節の問題は解決したわけじゃない。

ほんの少し和らいだだけで、環境が大きく変化したわけじゃなかった。だから私は常に考え続けている。

もっと安心してもらえる方法を。新しい何かを作るためのひらめきを。この地でただ一人の……錬金術師として。


数時間が経過して、お昼もいつの間にか過ぎていた。

「もうこんな時間！」

私の悪い癖の一つだ。集中しすぎると時間を忘れて没頭してしまう。おかげでお昼休憩の時間も過ぎてしまった。

グーとお腹《なか》の虫がひどいよーと鳴いている。

トントントン、と、ドアをノックする音が響いた。

「はい」

「俺だ。アメリア、入ってもいいか？」

「トーマ君？　うん、どうぞ」

彼はドアを開ける。ほんの少しだけ穏やかな風が吹き抜けて、テーブルの上の書類がひらひらと揺れている。

「いらっしゃい、トーマ君」

「ああ、仕事中に邪魔して悪いな」

そう言って彼はニコリと微笑《ほほえ》んでくれた。邪魔なんてとんでもない。彼がこうして訪ねてきてくれることが、私の中では楽しみになっているのだから。

領主である彼はとても忙しい。毎日毎日、領地の人々が安全に、快適に暮らせるようにと頑張っている。

きっと私なんかよりも多くのことを考え、悩んでいる。それでも時間を見つけては、こうして私のところに来てくれる。

その気持ちが有難くて、とても心地よかった。

「アメリア、俺はちょっと怒ってるぞ」

「え……えぇ？」

なぜだか本日のトーマ君はムスッとしていた。せっかく様子を見に来てくれたのに。朝は全然、そんな風な顔はしなかったのに。

私は困惑と動揺で、表情が引きつってしまう。

「ど、どうして？」

「……はぁ」

彼は大きくため息をこぼし、その表情は本気でわかっていないんだなと、呆《あき》れた声で呟《つぶや》いた。

察しが悪い私はキョトンと首をかしげる。

そんな私にトーマ君は、ため息交じりに語り掛ける。

「いつも言ってるよな？　頑張りすぎるのはダメだぞって」

「あ……」

その一言を聞いてようやく、どうして彼がご機嫌斜めなのか理解できた。と同時に、ホッとする。

本気で怒っているわけじゃないんだと。

彼が私に向けてくれる感情は怒りではなくて、心配なのだと。

「イルから聞いたぞ？　お昼の時間になっても食堂に顔を出さなかったたって」

「ああ、えっと、うん。お仕事に集中していたら、いつの間にかお昼休憩の時間を過ぎちゃってい
たみたいで……あははは」

私は誤魔化すように笑う。

そんな私に呆れながらもう一度トーマ君はため息をこぼし、ちょっぴり怒った表情で言う。

「アメリアの頑張りを否定する気はないけどさ。頑張って、頑張って……頑張りすぎて倒れてしまったらそれこそ本末転倒だろ？」

「は、はい……ごめんなさい」

トーマ君に怒られると、他の誰に注意されるより心にぐっとくる。もう二度と怒られないようにと心に言いつける。

けれど不思議なことに、何かに集中している私はそれすらも曖昧になって、気づけばまたこうして怒られている。

本当にダメダメな私だ。錬金術のことなら、ほんの少しだけ他人より誇れると思っているけど、それ以外のところは誰にも敵《かな》わないな。

「ほら、これ」

「え？　これって……」

トーマ君は優しく笑みをこぼし、私にそれを手渡してくれた。両手でしっかり受け取った箱は、とても重たくて優しい香りがする。

「お弁当？」

「ああ、イルが用意してくれた。きっと忙しいから食堂に来られないんだろうって。だから研究室で食べられるように」

「イルちゃん……」

私のためにわざわざお弁当を用意してくれていたことに感動して、思わず涙がこぼれそうになる。

トーマ君は私の肩に手を置く。

「ほら、さっさと食べて休憩する。仕事はそれまでさせない」

「あ、ちょっ、トーマ君？」

彼はちょっぴり強引に、私を書類いっぱいなテーブルの前ではなくて、ふかふかのソファーへと誘導して座らせた。

その隣にトーマ君が腰を下ろす。

「君がちゃんと食べて休憩するまで、俺もここで休憩しているから」

「トーマ君も？　でもお仕事はいいの？」

「いいんだよ。というか俺も休まないとイルやシュンに叱られるんだ」

「……」

ちょっぴりふてくされているトーマ君の横顔をじっと眺める。それに気づいたトーマ君が、私に尋ねてくる。

「なんだ？」

「もしかして、トーマ君も働きすぎて怒られちゃったの？」

「俺は怒られてない。……まだな」

「……そっか」

私は小さく笑う。なんだかおかしくて、自然と笑顔になった。

空っぽになったお弁当箱に向かって、私は両手を合わせる。

「ご馳走様《ちそうさま》でした」

イルちゃんが私のために用意してくれたお弁当はとても美味《おい》しかった。普段食べている料理以上に、私に対する思いやりが込められている気がして。

温かさで胸がいっぱいになり、お腹も膨れて大満足だ。

「さぁて、お腹もいっぱいになったしお仕事に戻っても」

と、隣に座るトーマ君に視線を向ける。彼は私に呆れた視線を向ける。

「はぁ、ダメに決まってるだろ？」

「ですよね」

あはは、と誤魔化すように私は笑った。

もちろん冗談のつもりで尋ねたけれど、一割くらいは本気だった。まだまだテーブルの上には書類が山積みで、やらなくちゃいけないことは多い。

本当なら少しでも早く仕事を終わらせたいけれど、この領地の主様はとても優しくて厳しいから、そんな私を見過ごしてはくれないらしい。

トーマ君が時計を見ながら言う。

「あの針が一周するまでは休憩だ」

「う、うん」

つまりは一時間、私は仕事をしてはいけないと言われてしまった。お弁当を食べていた時間も含めると二十分くらい余分に休憩を取ることになる。

そんなに休んでもいいのかと、トーマ君に尋ねるまでもなかった。

「君は働きすぎなんだ。どこにいても一緒だな」

「そ、そうだね」

休まないと怒られてしまいそうだから、私は甘んじて休憩を受け入れる。しばらくじっと黙ったまま、食後の余韻に浸っている。

トーマ君は隣でソファーに座り、顔を天井に向けて目を瞑《つぶ》っていた。眠っているわけじゃなくて、ただ目を閉じて休憩しているだけだ。

もしかすると私以上に疲れているのかもしれない。

せっかくなら楽しくお話をしたかったけど、邪魔をしないように私はそっと立ち上がり、本棚から一冊の本を取り出し、ソファーに戻った。

最近、というよりこの領地に来てから、よく書斎を使わせてもらっている。あの場所は落ち着くし、いろんな知識が詰まっているから好きだ。

お仕事が忙しくて行けない日も多くなって、何冊か書斎から借りてきている本がある。

こうした休憩の時間や、仕事終わりのちょっとした時間に開いては、少しずつ読み進めていた。知識を蓄えるための読書も好きだけど、最近は物語に読みふけることも多くなっている。手に取った一冊もそのうちの一つだ。

私はしおりが挟まれた頁《ページ》をめくり、続きから読み始める。

すると、隣で目を瞑っていたはずのトーマ君の顔がすぐ近くにあって、私が開いている本の中を覗《のぞ》き込んでいた。

「ト、トーマ君？」

「なんだ読書か。てっきり内緒で仕事を始めたのかと思ったぞ」

「そ、そんなことしないよ」

「本当か？　アメリアならやりそうだぞ」

どうやらトーマ君は私のそういう部分は信用してくれていないらしい。悲しいような、心配してもらえて嬉《うれ》しいような、複雑な気持ちになる。

「これはお仕事とは関係ないよ」

「へぇ、何を読んでいるんだ？」

「えっとね。タイトルは古くかすんで読めないけど、遠い昔に誰かが書いた空想の物語だよ」

私が書斎で見つけたこの一冊は、他の本よりも古くて状態があまりよくなかった。表紙は損傷が激しくて文字も読めない。中身も傷んでいて所々読みづらいけど、なんとか読める。

最近の絵本や伝記のように、可愛《かわい》かったり格好よかったりする絵が挟まれているわけでもない。ただ最初から最後までびっしりと文字が記されている。

人によって、読んでいる途中で胸焼けしてしまいそうな分量だ。

けれど私は夢中になっていた。なぜか惹《ひ》かれるものがあったんだ。この……現実にはありえないような空想の物語に。

トーマ君が私に尋ねる。

「どんな話なんだ？」

「えっとね。二つの世界を跨《また》いだ恋のお話だよ」

「二つの世界？」

「うん。この本の中ではね？　世界が二つあるんだ」

私は本に記されていた内容を簡単に説明する。

物語の中で主になっているのは、今の私たちがいるような普通の世界。わかりやすく表せば現実世界がある。

この物語ではそういう世界を昼の世界と呼んでいた。

昼の世界に生まれたごく普通の主人公の少年は、とある夜の日に不思議な出会いをする。見たことがないほど綺麗で浮世離れした少女との出会いによって彼は知る。

自分たちが生きている現実、昼の世界とは異なるもう一つの世界が存在していることを。そこは一日中月が輝いている夜の世界だった。

昼と夜、二つの世界は遠いようでずっと近くに存在している。本来は交わることはなく、けれど離れることもできず重なっている二つの世界。

彼らが出会ったのは満月の夜だった。満月の夜は、二つの世界がもっとも重なりを深くして、その境界を曖昧にしてしまうのだという。

そうして昼の世界に生きる青年と、夜の世界に生きる少女が出会った。

二人はすぐに友人となった。お互いの世界についての話を交換して盛り上がった。けれど次に会えるのは満月の夜だけだった。

「それってずっと先だろ？」

「うん。最初の満月の日からだいたい一か月後が、次の満月の夜だった。それに月がちゃんと雲に隠れず出ている夜じゃないといけなかったから、条件はもっと厳しいよ」

「満月でも会えるかわからない……か。寂しいな」

「そうだね。だけどその長くて不確定な時間があったから、二人の心はより近づくことができたんだと思う」

私は本を読み進めてそう感じた。

二人は次もまた会おう、そしてたくさん話をしようと約束した。満月まで一か月、長い長い時間をかけて待って、ようやく再会する。

朝が来れば二人はまたさよならをしなければならない。だからこそ、短い時間の中で精いっぱいに語り合った。

会いたくても会えない時間が長いほど、二人の中で芽生えた感情はより鮮明になり、より大きく育っていった。

そうして三回目に出会った時、二人は恋人になった。告白はほぼ同時だった。その夜も素敵なお話ができて、さようならをする直前だ。

あと数分で夜が明け、太陽が昇るという時に、二人の中で離れたくない思いが爆発して、思わずお互いに手を握った。

そうして顔を見合わせて、思いを伝え合うことで恋人になった。

出会ってからわずか二か月、ちゃんとお話しできたのは一日と少しだけ。それでも惹かれ合い、通じ合った二人の絆《きずな》は確かだった。

「そこから二人はどうなったんだ？」

「一緒に暮らす方法を探し始めたんだよ。せっかく両想《りょうおも》いになれても離れ離れは寂しいから、二つの世界を行き来できる方法を探し始めたんだ」

二つの世界は重なり合っている。通常は交わることがない世界同士でも、満月の夜だけは境界が曖昧になって奇跡が起こる。

出会うことができたのなら、その奇跡を当たり前にする方法もあるはずだと二人は考えた。

青年が生まれた昼の世界には魔法があった。そして少女が生まれた夜の世界は、想像することであらゆる奇跡を起こすことができた。

それら二つを上手に使えば、世界同士を繋《つな》げることができるのではないかと。

「それで、どうなった？」

「ごめん、まだ途中だからここまでしかわからないんだ」

「そうか……」

トーマ君は残念そうな顔を見せる。

「なんだか気になる話だな。ここまで聞くと続きが読みたくなる」

「そうだよね。だから私も時間を見つけて読み進めてるんだ。なんでかわからないけど、この物語を読まなきゃって気になるから」

「その本、他になかったのか？」

「私が書斎から見つけたのはこの一冊だけだったよ」

「そうか……残念だな。俺も読んでみたかった」

そう言ってトーマ君はちょっぴり悲しそうに笑ってみせた。そんな表情を見てしまったら、胸がちくりと痛くなる。

「じゃあこの本――」

貸すよ、と言おうとしたところでトーマ君は首を横に振って拒否した。

「いいや。それはアメリアが見つけた本だ。君が好きになった物語なんだ。だから最後まで君が読んでくれ」

「でも……」

「そうだな。気になる。だから、またこうして話の続きを俺に聞かせてほしい。君がその物語を読んで何を感じて、何を思ったのか。俺はそれも知りたいんだ」

トーマ君は優しく微笑み、私の感想もセットで聞くことができたら、より物語を楽しむことができそうだと言ってくれた。

物語の内容だけじゃなくて、私の感想も気にしてくれる。なんだか自分の本じゃないのに嬉しくなってしまう。

「わかったよ。絶対聞かせるね」

「ああ、期待している」

トーマ君との間に約束ができて、この本を読む楽しさがまた一つ増えた気がする。

「それにしても面白い設定の本だな。ただの恋愛物語じゃなくて、世界の仕組みにも興味が湧くような内容だ」

「そうだね。昼と夜の世界……しかも夜の世界は想像すればなんでも実現する世界なんて、まるで夢の中みたいだよ」

「ああ、まさに空想……なんだけどさ。もしかしたらって思っちゃうのは、まだまだ俺が子供だからなのかもしれない」

「トーマ君？」

彼はソファーから首を回し、窓の外を見つめる。本日は晴天、青空には太陽が燦燦《さんさん》と輝いている。

「今俺たちがいるのが昼の世界でさ。もしかしたらこの世界とは別に、夜の世界が本当にあるんじゃないかって」

「あ、それ私も思ったよ」

「アメリアもか？」

「うん！　この本を読み始めた時に思ったんだ。昼の世界には魔法がある。それってこの世界と一緒で、だったら夜も存在するのかなって」

我ながら安直すぎる考えだと思って、そう考えた時は笑ってしまったことを思い出す。似ているといっても魔法があるところだけだ。

物語の中の世界と、私たちがいる現実世界の共通点はそれくらいで、細かい描写がないからわからないけど、違いは他にもあるかもしれない。

同じようだなんて思うのは、私がそうあってほしいと思ってしまうからなのだろう。

ここことは異なる別の世界が存在していて、満月の夜にだけお互いが触れ合うことができる。なんて奇跡的で、運命的なのだろうと思ったから。

もしも同じなのだとしたら、物語の中にいる二人の恋を、もっと身近に感じられるような気がしたから……。

「……恋、か」

私は自分にしか聞こえないほど小さな声を漏らす。

そう、これは恋の物語だ。青年と少女が出会い、惹かれ合って恋をするお話。そういうお話はこれまであまり得意じゃなかった。

なぜなら私には、もっとも縁遠い夢物語だと思っていたからだ。けれど違った。私にも、物語のように恋をすることができた。

私はちらっと、隣で私が開いた本に夢中になっているトーマ君の横顔を見る。

あの日、王都からこの街へ戻って、季節が冬から春に変わる瞬間を二人で目撃した時に、私はトーマ君に伝えた。

トーマ君のことがずっと好きだったことを。

それにトーマ君も応えてくれた。自分も同じだと、トーマ君も、私のことが好きだと言ってくれた。

私たちは両想いになった。この物語の二人のように。

けれど……。

「凄《すご》いよな。こういう物語を考えてしまえる人の頭ってどうなってるんだろう？　一度頭の中を覗いてみたいくらいだ」

「……」

彼はびっくりするほどいつも通りだった。

互いに想いを伝え合った翌日から、私とトーマ君は何度も顔を合わせ、声を掛け合い、一緒に時間を過ごしている。

同じ屋敷で生活しているのだから、接する時間が多いのは当たり前なのだけど、ここまで普段通りだとは思わなかった。

告白した後はドキドキしたし、普段以上にトーマ君のことを意識するようになった。トーマ君も同じだと思っていたけど、そうじゃなかったみたいだ。

彼はこれまでと同じように私と接している。それが嫌というわけじゃない。でも、なんだか少し寂しかった。

まるで、告白なんて夢だったように思うから……。

「そういえば、アメリア」

「え、な、何かな？」

「今夜って確か満月じゃなかったか？」

「え？　あー……そうかも。確かそうだね」

トーマ君が言う通り、今夜は満月だった。トーマ君は窓の外を見ながら言う。

「これだけ晴れているし、周りにも雲はない。ということは今夜の満月はちゃんと夜空に輝いてるってことか」

「うん。そうなるね」

「じゃあさ、もしこの物語の中みたいに、この世界にも別の世界があるんだとしたら……今夜はその世界と繋がれる日ってことじゃないか？」

語りながらトーマ君は瞳をキラキラと輝かせている。まるで新しいおもちゃを見つけた子供みたいに無邪気な表情だった。

「なぁアメリア、今夜少しだけ二人で屋敷を抜け出してみないか？」

「え？」

「気になったんだ。本当かどうかを確かめないと今夜は眠れそうにないし、こんな話をシュンたちにしたら子供じゃないんだからと笑われるだろ？　だから二人で行こう」

「二人で……」

二人で夜に屋敷を抜け出す。それってまるでこっそり二人でデートするみたいだと思った。

「うん、いいよ」

「よし。じゃあ、みんなが寝静まる時間になったら君の部屋に行くよ」

「うん、準備しておくね」

◇◇◇

あっという間に時間は過ぎて、深夜になる。

今日は最初から最後までとても綺麗な空が続く一日だった。一瞬で天気が変わってしまうことがあるこの領地では珍しい。

みんなが寝静まっている屋敷、自分の部屋で待っていると、ガチャリと部屋の扉が開いた。

「お待たせ、アメリア」

「トーマ君」

彼は私の部屋に入ると、ゆっくり音を立てないように扉を閉める。

「準備はできているか？」

「うん。いつでもいいよ」

「よし、じゃあ行くぞ」

「うん！って、え？」

彼が進んだ先は扉ではなく、窓のほうだった。私は驚きながら、だけど声は小さく尋ねる。

「窓から行くの？」

「ああ、こっちのほうが冒険って感じがしないか？」

「……もう」

本当に、今夜のトーマ君はなんだか子供みたいだ。無邪気な笑顔を見ているとそう思うし、とっても可愛いと思ってしまった。

男らしくて頼りになるトーマ君にはこんな一面もあったんだ。

「ほら、行くぞアメリア」

「うん」

私に差し伸べるトーマ君の手を握る。彼に優しく、けれど力強く引っ張られて、私たちは夜の世界へと降り立った。

なんて、物語の中のような空想の世界じゃない。私たちが暮らしている領地の夜でしかない。

それなのに、なんだか不思議な気分になる。いいや、不思議な雰囲気を感じていた。

「満月、綺麗だな」

「そうだね」

屋敷を出て適当に歩きながら、私たちは夜空を見上げていた。辺境の領地は明かりも少なくて、そのおかげで夜空の星々がよく見える。

辺境なんて住みにくいだけだと都会の人たちは言うけれど、こういう些細《ささい》なところに辺境の良さがあって私は好きだ。

この時間はとても静かで、私たちのように夜の散歩をしている人たちの姿はない。当たり前だけど夜は暗くて、この領地にはいろんな危険があるから、夜はしっかり家の中にいる習慣がついている。

そんな話をトーマ君がしてくれながら私たちは歩く。

「じゃあ私たちは悪い子だね」

「だな。バレたらシュンに叱られるぞ。あいつ怒ったら怖いからなぁ」

「それなのに抜け出したんだ」

「だって気になるだろ？　興味のほうが勝ったんだよ」

そう言って、彼はまた無邪気な笑顔を見せた。

今宵《こよい》は満月。昼と夜、二つの世界が重なる一月に一度だけの、奇跡の時間だ。というのは物語の中だけで、私たちの生きる世界は……。

「……ん？　なんだあれ」

「え？」

トーマ君がふいに指を指したのは、とても大きくて綺麗な木だった。月明かりに照らされてて桃色に光る花がひらひらと舞う。

「サクラの……木？」

「おかしいな。こんな場所にサクラなんて……そもそもうちの領地にサクラなんてなかったはずなんだけど」

私とトーマ君は揃《そろ》って首をかしげた。

ここは厳しすぎる環境が様々な植物を寄せ付けない場所だ。サクラはとても繊細な植物で、この領地にはもっともそぐわない。

私も春にやってきたから知っているけど、この領地にサクラの木はなかった……はずだ。

けれど今、私たちの目の前にはサクラが咲いている。それも満開だ。

「綺麗……初めて見る」

「アメリアもか？」

「うん。王都にもサクラの木はあったけど、こんなにも綺麗なのは初めてだよ」

「俺はサクラをこうして見ることも初めてだ」

サクラは春の風物詩。寒い冬が明けると、桃色の花が満開に咲き誇り、ひらひらと青い空を舞う光景は美しい。

それを絵にしたり、詩にしたりと、多くの人々が魅了されてきた自然の芸術だ。

「もしかして、アメリアが何かしてくれたのか？」

「ううん、私じゃないよ」

「そうなのか？　じゃあどうしてこんな……」

「――！」

ふと、サクラの木の下に淡い光を見つける。

「トーマ君あれ、誰かいるよ」

「え？　どこに？」

「ほらあそこ！　サクラの木のすぐ下に」

私は指を指し、トーマ君が目を凝らすように捜している。そんなに集中して見なくても見つけられるはずだ。

なぜならその少女は、サクラの木の下で、私たちの目の前に立っているのだから。

「見えないな」

「え？」

俺には誰も見えないぞ、とトーマ君は言った。私には見えている。ハッキリとではないけれど、白い髪に白い服を着た綺麗な女の子が立っていた。

顔はなぜかよく見えない。ぼやけている。表情もだ。笑っているようで、泣いているようにも見えて……吸い込まれそうになる。

少女の口が、小さく動いた。


——また会いましょう。


そう言っているように聞こえた。いいや、伝わった。声ではなく感情が、まるで知っていたように私の中に浮かんだ。

私が瞬《まばた》きをすると、少女はいつの間にかいなくなっていた。それどころか、満開に咲き誇っていたサクラも消えてなくなっている。

「どういうことだ？　急にサクラが……」

「消えちゃったね」

私たちは驚きのあまりその場に立ち尽くしていた。

目の前にあった綺麗なサクラ、私だけじゃなくてトーマ君の目にも映っていたようだから、あれは私だけが見た幻じゃない。

「何かの魔法……なのか。師匠がここは魔法の影響で変化した土地だと言っていた。その影響でこの間みたいな結晶化も起こったわけだし、同じように」

「三百年前に使われた魔法の一部が残っていた……とか？」

「わからない。そんなこと普通はありえない。でもこの土地では、ありえないこともたくさん起こっているからな」

「うん」

私たちが頑張って乗り越えた結晶化の事件もその一つだ。本来魔力を持たない植物が魔力を持ち、全てが結晶化してしまう。

原因はこの土地だけに存在する異質な魔力の蓄積だった。私はポーションを作って結晶を魔力に戻し、吸収することで改善させたけど……。

「この地に漂う異質な魔力はそのまま残っているんだよね」

「ああ。根本的な解決にはならない。問題を先延ばしただけだ。ならこれも、その問題の一つなのかもしれないな」

と、口では言いながらトーマ君は首をかしげる。そして小さく笑う。

「問題……か。あんな綺麗な景色を問題だなんて思いたくないな」

「そうだね」

「もしかしたら本当に、この世界には俺たちが知らない夜の世界があるのかもしれない。そっちのほうが俺はいいな」

「うん、私もそう思うよ」

私たちが今見たものが、三百年前の戦争がもたらした障害ではなくて、空想だと思っていた別世界との交信だった……と思ってみたい。

そっちのほうが素敵だし、美しいサクラに合っている。

「もしそうなら、本当に恋をした人が昔にいたのかな」

「そうだろうな。凄いよな。一か月に一度しか会えないのに通じ合ってさ。お互いの想いを伝え合って、一緒にいるために奮闘するんだから」

「うん」

「それに比べて……俺は情けないな」

「え?」

私が彼を見つめると、照れくさそうにする横顔が見えた。

「なぁアメリア、あの日、好きだって言ってくれたこと覚えてるか？」

「――うん。忘れるはず、ないよ」

「俺もなんだ。あの日からずっとドキドキしてる。君を見るたびに、こうして話をするたびに、心臓がはち切れそうなんだ」

トーマ君は語りながら、自分の左胸に手を当てる。とても恥ずかしそうに、けれどすごく嬉しそうに笑っている。

「ドキドキ……してくれていたの？」

「ああ。それを周りに悟らせたくなくてさ？　いつも通りに振舞おうとしたんだ」

「そうだったんだ。てっきり私、あれは夢だったんじゃないかって」

「そんなことあるか。君がくれた言葉を俺は覚えているし、俺が君を好きだって気持ちに嘘《うそ》はない。信じられないなら何度でも言おう」

トーマ君は私の手を握ってくれた。力強く、離さないぞと示すように。

そうしてまっすぐ私のことを見つめながら、真剣な表情で口にする。

「アメリア、俺は君が好きだよ。大好きだ。世界で一番」

「――！　わ、私も、トーマ君が好き……だよ」

こうして改めて言われると、なんだかとても恥ずかしい。

周りは静寂に包まれていて、自分たちの声しか聞こえないから余計に思うのだろう。

「ずっと考えていたんだ。あれから」

「何を？」

「アメリアの告白に応えた後のことだよ。告白は嬉しかったけど、できれば俺のほうから伝えたかったなと後悔したんだ。なんだか格好悪いだろ？　ずっと好きだったのに、女の子に先を越されるのってさ」

「ずっと？　私のことを？」

「ああ」

トーマ君は優しくゆっくり頷《うなず》いていた。

「小さい頃は妹みたいに思っていたけどさ。大きくなって再会して、運命みたいだって思ったんだ。成長した君は可愛くて、綺麗で、誰よりも強かった。そんな君に惹かれない理由が見つからなかったよ」

「そ、そうなんだ……」

「ああ。ずっと伝えたいと思っていた。でもお互いに忙しくて、それどころじゃなかったからな。タイミングを失っていたんだよ……」

トーマ君は小さくため息を漏らす。そんなにも告白を自分からしたかったのだろうか。そう思うとすごく嬉しい。

「なぁ、アメリアはいつから俺のこと好きになってくれたんだ？」

「え、えっと……いつからかっていうのは難しいけど、気づいたのは最近」

「そうなのか？　何かきっかけでもあったのか？」

「うん。エドワード殿下とレイナ姫のおかげで気づけたんだと思う」

二人と出会い、自分の気持ちに気づかされた。いろいろ悩んだりして苦しい時間もあったけど、今はとても感謝している。

と、思っている隣でトーマ君は複雑な表情をしていた。

「トーマ君？」

「あの二人、余計なことを言ったんじゃないだろうな？」

「そ、そんなことないよ？」

「そうか？　ならいいけど……なんだか負けた気分だな」

トーマ君はさっきよりも大きく深いため息をこぼした。

よほどエドワード殿下たちに諭されたのが悔しかったのだろうか。二人に気づかされる前に私が自分の気持ちに気づいていたら……なんて、難しかっただろう。

私なんかが誰かを好きになってもいいのかと、昔の私なら思っていたはずだから。

自分に自信がなかったんだ。そんな私の背中をいつも押してくれたのは、トーマ君だったよ。

「季節の問題が一通り解決したら伝えようって思ってたんだよ」

「ああ、だからあのタイミングだったのか」

「うん。ちょうど春になって、ここしかないって思ったんだ」

「なるほどな」

トーマ君は照れくさそうに笑う。

満月の輝きに照らされたトーマ君の表情は、何かを決意したように。

「なら、その先は譲れないな」

「先って?」

「告白の先だよ。俺たちのこれからの関係に名前を付けたい。恋人っていうのは、もう決まりでいいと思うけど」

「こ、恋人……」

ハッキリと言われてしまうと、必要以上にドキッとしてしまう。

私たちは両想いになった。想いを伝え合った。ならば当然、私たちは恋人になる。あの物語の二人のように。

「嫌だったか?」

「そ、そんなことないよ! でも実感があまりなくて……あと恥ずかしくて」

「恥ずかしいのはお互い様だ。でもこれからの話は、恋人より実感が湧くかもしれないな。君も王都では貴族だったのだから」

「え、それって……」

ふと予感がした。

優しいトーマ君の瞳が私のことを見つめている。私は元貴族で、トーマ君は貴族の領主様だ。

地位のある人間であれば耳にすることは珍しくない。男女の、一つの関係性の名前を。

「アメリア、君を俺の婚約者にしたいんだ」

「――！」

婚約者、その言葉に私はあまりいい印象がなかった。なぜなら私は一度、手ひどい理由で婚約を破棄されたことがあるから。

今はもうただの他人で、ひどい目にも遭わされた人に……だから私は、その関係にあまり前向きになれなかった。

けれど……。

「……ダメか？」

「ううん、トーマ君ならいいよ。トーマ君がいい」

今はそう思える。

彼のことなら心から信じることができる。何度も私のことを助けてくれた。困った時はいつも相談に乗ってくれる。

辛《つら》い時は一緒にいてくれる。私にとって一番特別な人がトーマ君だ。そんな人となら、苦い思い出も甘く色づくだろうと。

「私、トーマ君の婚約者になりたい」

「――ああ、そう言ってくれて嬉しい」

私たちは領主と錬金術師で、幼馴染《おさななじみ》だった。ここにまた一つ、関係性の名前が追加される。いいや、この場合は二つだろうか。

恋人と、婚約者だ。

第一章 それぞれに前進を

Chapter One

私は晴れてトーマ君の婚約者となった。

「おめでとう、アメリア、トーマ」

「おっめでとう！　やっとそうなったか！」

シュンさんとイルちゃんが祝福の拍手をくれる。二人はとてもニコニコしていて、なんだか温かな感じがする。

「トーマにもついに婚約者ができたか。感慨深いな」

「なんだよそれ。お前は俺の保護者か」

「そうみたいなものだろ？」

「言ってくれるな」

トーマ君とシュンさん、二人は主従関係以前に友人であり、それ以上の親友でもある。常に傍らでトーマ君のことを支えてきたシュンさんにとって、この変化は大きいのだろう。

そしてイルちゃんにとっても同じだ。

「よかったな、主様！　あたしはてっきり一生独り身でいるのかと思ってたぜ！」

「お前も大概言うよな、イル」

「だって主様、全然そういう感じなかったじゃん？　だからよかったよな！　リア姉さんとならピッタリだ！　うん！　そう見える！」

イルちゃんは元気いっぱいに胸を張り、私とトーマ君が並んでいる姿を見ながら満面の笑みを見せてくれた。

イルちゃんにとってトーマ君は主人だけど、小さい頃から一緒に育ったお兄ちゃんのような存在なのだと、私は思っている。

大好きな人の幸福を心から祝福できる。イルちゃんはそんな優しい子だ。

「よし、今日は盛大に祝うか」

「そうだな！　ぱーっとやろうぜ！」

シュンさんが提案し、イルちゃんもノリノリだ。他の人たちにもお願いし、私たちのために豪華な夕食を用意してくれるらしい。

「シズクも来られたらよかったんだけど、最近忙しそうだな」

と、シュンさんが残念そうにつぶやいた。

シズクは王国の諜報員《ちょうほういん》だ。私たちとは違った忙しさがある。常にこの領地にいられるわけじゃないから、今もどこかでお仕事中だろう。

願わくば彼女とも話をしたかった。ちょっぴり意地悪かもしれないけど、次はシズクの番だよ……とか言ってみたいと思ったから。

◇◇◇

夕刻になる少し前。

私とトーマ君は二人で森の中にあるとても不思議な寝床に足を運んでいた。ここにはトーマ君の師匠であるエルメトスさんが暮らしている。

外とは隔離されたような幻想的な空間に建っている家の中に、エルメトスさんはいつもいる。

私たちが近づくと、それを察したように扉がひとりでに開いた。

「こんにちは、いいやこんばんは、かな？」

私たちが中に入ると、エルメトスさんは変わらず妖艶な笑みで出迎えてくれた。

「こんばんは、師匠」

「エルメトスさん、急に来てしまってすみません」

「いいさ。君たち二人ならいつでも大歓迎だよ。それに、ここへ来ることはわかっていたからね」

エルメトスさんは魔法使いだ。

この領地に昔から……三百年以上も昔から住んでいる特別な人だ。普通の人間なら耐えられない長い時間を、この人は魔法の力で繋《つな》ぎ続けている。

肉体を失い、魔法によって生み出した偽物の肉体に魂を閉じ込めることで、悠久の時を生き続けているのだと、以前に教えてもらった。

彼から感じられる独特で不思議な雰囲気は、魔法使い故のものだった。そんな彼は贖罪《しょくざい》のためにこの領地にいる。

私たちの未来を案じて、現在を見守り続けていた。

「師匠に報告したいことがあります。といっても、領地のことなら全てお見通しな師匠にはもうバレていると思いますが」

そう、照れくさそうにトーマ君は言いながら私の背中に軽く手を添える。

「俺、アメリアと婚約しました」

「――させていただきました」

なんと続けていいのかわからなくて、変な言い方になってしまった。トーマ君はクスリと笑っている。私は恥ずかしさに頬を赤くする。

そんな私たちを微笑《ほほえ》ましそうに眺めながら、エルメトスさんは祝福の言葉をくれる。

「おめでとう、二人とも。とても素敵なことだね」

「ありがとうございます、師匠」

「ありがとうございます。エルメトスさん」

「ううん、それを伝えるためだけに、わざわざここに足を運んでくれたのかい？」

私とトーマ君はその場で頷《うなず》く。トーマ君にとってエルメトスさんはもう一人の恩人だ。だから直接言葉にして伝えたかったらしい。

私も、エルメトスさんにはお世話になっているから、ちゃんと伝えておきたかった。

「そうか……私は幸せ者だね。いいや、それは君たち二人の特権か」

エルメトスさんは指をならす。

すると灯《あか》りの光が粒子のように瞬いて、キラキラと私たちの周りを躍っている。まるで私たちを祝福するように。

「綺麗《きれい》……」

「ありがとうございます」

「いいさ。私にはこれくらいしかできない。あとは話を聞いてあげることくらいかな？」

「それで十分ですよ。俺たちが困った時は相談させてください」

「ああ、もちろんいいさ。秘密を知った今なら、公私ともに力になれると思うよ」

そう言ってエルメトスさんはニコリと微笑んだ。

結晶化の事件を経て、私たちはエルメトスさんが抱えていた秘密を知った。彼がこの地を荒れさせた戦争の当事者であることも。

それを聞いても尚《なお》、私たちはエルメトスさんを恨んだり、怒ったりする気にはなれなかった。

たった一人でこの地に残り、いつまでもこの地を見守り続けているエルメトスさんに、感謝したいと思った。

「あの、エルメトスさんは、戦争が起こるずっと前からそうしているんですか？」

「いいや違うよ。私が今のように肉体を捨てたのは戦争が終わってからさ。この地に長くとどまるためには肉体が邪魔だったからね」

肉体があれば必ず人は死にたどり着く。だからエルメトスさんは肉体を捨て、魔法によって実体のある幻影を生み出し、魂を接続した。

「それって誰でもできることなんですか？　例えば、トーマ君にも」

彼もエルメトスさんの指導を受けて魔法が使える。この領地ではシュンさんも使えるし、王都には魔法使いの人たちもいた。

彼らも同じように、肉体を捨てて永遠を生きることは可能なのだろうか。

「うーんどうだろう？　私も長く生きているけど、同じことができた人は見たことがないな」

「俺には無理ですよ。そんな発想も技術もない。そもそも師匠ほどの魔力は持っていませんし、仮に持っていても無理な気がします」

「それって、エルメトスさんが特別ってことなのかな？」

「俺はそう思っているよ。こうして今ここにいられるのは、師匠が他の誰よりも特別な魔法使いだったからだって」

「トーマ……なんだかむず痒《がゆ》いね」

エルメトスさんにしては珍しく、恥ずかしそうに微笑んだ。トーマ君にまっすぐ称賛されて照れているのだろうか。

エルメトスさんが特別な魔法使い。その考え方には私も賛成だった。というより、そうとしか思えなかった。

もしもエルメトスさんと同じことが魔法使いに可能ならば、王都にも同様の人たちがいるほうが自然だと思ったからだ。

王都は文字通り、この国でもっとも栄えている都だ。私が働いていた宮廷には、国中から集められた優秀な人材がいる。

錬金術師も、私以外に十七人在籍していた。

世界からすれば特別な存在も、一か所に集められると当たり前のように感じるほどに。

それでも、エルメトスさんのような雰囲気をもつ人はもちろん、彼ほど優れた魔法使いは見たことがなかった。

「特別……か。そう言われるのは嬉《うれ》しいけど、そんなに特別だとは自分では思えない。ただ一点、周囲との違いなら思い当たることがあるよ」

「なんですか？　師匠」

「私はね？　トーマ、生まれつき魔法が使えたんだよ」

エルメトスさんは語る。

魔法の扱い方を、この世に生まれた時から彼は知っていた。誰に習うわけでもなく、物心つく頃には理解していた。

己の身に宿る魔力の扱い方を、その放出の方法を。エルメトスさんは生まれながらにして魔法使いだったのだ。

「思えば不思議な感覚だった。この世に生まれ落ちたことを理解した時、私は魔法というものがどんな力なのか知っていた気がするんだ」

「人が努力して得られる力。それを師匠は最初から持っていたわけですね。やっぱり師匠は特別なんですよ」

「私もそう思います。宮廷で働いていた頃にも凄《すご》い人たちの話は聞こえてきました。でも、エルメトスさんほど凄い人はいなかったです」

「ありがとう、二人とも。けれどあまり私のことを特別だと思わないでおくれ」

エルメトスさんは切なげな瞳で続ける。

「所詮私は、壊すことしかできなかった男だよ。どれだけ特別だろうと、才能があろうと、私が犯した罪は消えたりしない。だから私は……」

この地で生き続けなければならない、と、エルメトスさんは小さな声で呟《つぶや》いた。

三百年前に起こった大戦争。エルメトスさんはその戦争の当事者だという。実際どういう立場で、何を思って参加したのかはわからない。

今なら尋ねれば教えてくれそうだとは思うけれど、トーマ君が聞かないなら私も黙っているつもりだ。

私の隣に立つトーマ君は、エルメトスさんを見つめながら悲しそうな顔をしている。

「師匠、俺なんかが言えることじゃないかもしれませんが、もう十分じゃないんですか？　師匠の贖罪は、もう成されているんじゃないですか？」

「……ダメだよ。私はそう思えない。この地がこうなってしまったのは私たちの責任なんだ。君たちのおかげで幾分はマシになったけれど、他と比べればひどい環境だよ」

「師匠……」

「本当はね？　私の力でなんとかしたいと思ったんだ。戦争の犠牲でこうなってしまった。大魔法の余波で変化したのなら、私の魔法でどうにかできると……」

そう思っていた。けれど不可能だったのだと、エルメトスさんは語る。

この地には大魔法の衝突によって、異質な魔力が漂うようになってしまった。魔力は生き物だけにとどまらず、本来魔力を持たない植物にも蓄積される。

それは日々重なり、濃度を増して、人々はそれを取り込むことで病に侵される。そう、結晶化してしまう。

私はそれをポーションの力で解決した。魔法と錬金術は似ているようでまったく違う力だ。魔法の力で穢《けが》れてしまった土地を、同じ魔法の力で元に戻すことはできない。

大気や自然物に含まれる異質な魔力が、エルメトスさんの魔法を乱してしまい、思わぬ結果を齎《もたら》してしまうから。

失敗すれば今よりもさらにひどい環境になってしまう。

それ故に、エルメトスさんは現状を変えるのではなくて、人々の生活を見守り続ける道を選択したのだった。

彼らが困難を自力で乗り越えることを祈りながら、本当に辛《つら》い時、難しい問題に直面したら手を貸していたという。

「けれど最低限だよ。私が出しゃばりすぎると、今を生きる人々に悪い影響を与える気がしたんだ。私は……本来ここにいられるはずのない存在だから」

「そんなことはありません。師匠のおかげで俺たちもいろいろ助けられているんです。悪い影響なんて……言わないでください」

「ありがとう、トーマ。君は本当に、心の優しさを失わずに大きくなったね。師匠としてとても誇らしく思うよ」

そう言ってエルメトスさんは嬉しそうに微笑んだ。まるで、子供の成長を心から喜ぶ親のように、温かくて優しい笑顔だった。

そんな横顔を見てしまったから、私はエルメトスさんにおせっかいを焼く。

「あの、エルメトスさんはこれからもこの場所にい続けるおつもりなんですか？」

「そうだよ。それが私の役目だから」

「もっと近くで一緒に……例えば、一緒にお屋敷で暮らすことはできないんですか？」

「アメリア？」

トーマ君が私の名前を口にして、こちらを見つめてくる。我ながらおせっかいだし、トーマ君たちの許可も得ていない。

それでも私は、ずっと思っていたことがある。思いながら、口にすることはなかった言葉を、今初めて言葉にする。

「寂しいって思ったんです」

「え？」

「エルメトスさんと初めてお会いした日から、この場所に一人でい続けていると知った時から、少しずつ感じていました」

私は部屋の中を、そして窓の外を見つめながら思う。

ここは孤独でいっぱいだ。周りには誰もいない。私たち以外は誰も訪れることもなく、このまま私たちが去れば、エルメトスさんは一人になる。

私たちが暮らしている屋敷の周りは、人々が暮らす地域はとても賑《にぎ》やかで、大変だけど一緒に手を取り合いながら生きている。

孤独を感じる暇なんてないほど忙しくて、だからこそ楽しいと思える日々を。

けれどここは、いつまで経《た》っても一人だ。三百年以上という長すぎる時間を聞いてから、余計にそう思うようになってしまった。

贖罪のために、誰とも深く関わらず一人で見守り続ける。きっとそれが、エルメトスさんが選んだもので、言うなれば力の代償だ。

大きな力には、強い願いを叶《かな》えるためには、それに見合った代償が必要になる。魔法や錬金術に限った話じゃない。

この世界は、そういう風にできている。

「ごめんなさい。私には、エルメトスさんが孤独でいることが罪滅ぼしになるとは思えないんです。こんなこと他人の私に言えることじゃありませんけど……少なくとも今、エルメトスさんが悪いなんて思っている人は、この領地のどこにもいません」

それはハッキリとわかる。トーマ君たちだけじゃない。この地で、この過酷な地で頑張って生きている人々は、愛《いと》おしいほどに優しいんだ。

誰かを責めて、隅に追いやるような寂しい人はどこにもいない。

トーマ君も頷く。

「そうですよ、師匠。俺が師匠を頼りにしているように、この地の人々は師匠に感謝しています」

「私は見ているだけだよ?」

「それでもです。本当に困った時は助けてくれる。そんな人がいつでも見守っていてくれるから、みんな前を向いて生きていける。俺にとっても、みんなにとっても師匠は、まるで神様みたいな人なんですよ」

「神様……か。ふふっ、私には似合わないな」

そう言って切なげに微笑むエルメトスさんを、トーマ君はそんなことない、ピッタリだと笑って伝えていた。

「結晶化が広がった時も、いち早く私たちに教えてくれました。もしエルメトスさんの助言がなければ、きっとひどいことになっていました。エルメトスさんがみんなを守ったんです」

「人々を救ったのは君だよ、アメリア」

「ありがとうございます。でも結局、きっかけを貰《もら》えなければ、私は気づくのが遅れて、大切な人たちを失っていたかもしれない。だから私は、私たちはエルメトスさんに感謝しかしていません」

「アメリア……」

きっと、私なんかの短い人生では計り知れないほどの葛藤が、苦悩がエルメトスさんの中にはあって、到底一言で表すことはできないだろうと思う。

私の言葉なんて軽くて、どこまで響いてくれているかもわからないけれど、それでも私に言えることを口にする。

「もしも私に、私のことを見守ってくれている人がいるのだとして、その人のことが大好きなら……絶対に近くにいてほしいと思います。見守ってくれていることを、この眼《め》で、耳で、鼻で、全身で感じたいです」

私に言えるのはここまでだ。

なぜなら私は、この土地では新参者で、エルメトスさんとの関係も短く浅い。もちろん今の言葉に嘘《うそ》はないし、本心だけど。

私じゃダメなんだ。エルメトスさんのことを心から、ずっと昔から慕っている人が、トーマ君の言葉が、思いがいる。

そんな私の祈りに応えるように、トーマ君はエルメトスさんに伝える。

「俺は師匠から魔法を学びました。そのおかげで強くなれたし、守ることができたものがたくさんあります。だから少しでも恩返しがしたいと思っていたんです」

「恩返しだなんて……私がやっていることは罪滅ぼしだよ」

「師匠がそう思おうと、俺の気持ちは変わりません。おせっかいでも構わない。俺は師匠に恩を返したい。でも、俺はやっぱりまだまだ子供なんです。もっと近くで、俺たちのことを見守っていてほしいと思っていました」

トーマ君は照れくさそうに鼻を触りながら続ける。

「見えない森の中からじゃなくて、窓を開けたら、扉を開けたらすぐに目が合うような距離で、場所で、見ていてほしいんです。俺たちが頑張って生きていることを」

「トーマ……」

「俺も思っていたんですよ。この場所は寂しい。師匠はいつも笑っているけど、どこか時折、泣いているような感じがしていたんです」

「……ああ、そうだね。その通りだよ」

情けないなと呟いて、エルメトスさんは悲しそうな笑顔を見せる。

「孤独に生きることこそが、私にとって一番の罰だと思っていた。この身体《からだ》になってから、多くの別れを経験し、その度に思ったよ。ああ、私はこれでいいと。このまま孤独にい続けることで、いつか許されるのだろうか……と」

そうしてエルメトスさんは、自ら進んで孤独に生きる道を選んだ。ううん、今も選び続けている。それが、大きな力を持った故の代償であるかのように。

けれどそれは勘違いだと私は思う。エルメトスさんが孤独に生きることで、その寂しさを感じてしまう人がいる。寂しさを、悲しいと思える人たちがいるのだから。

「気づかれていたなんて、私もまだまだ詰めが甘いね」

「師匠は意外と、表情とか言葉に出るんですよ」

「そうなのかい？　ふふっ、そんなこと初めて言われたよ。なんだか嬉しいな」

「ずっと見てきましたから。憧れた人のこと」

トーマ君は照れながら憧れを語る。

彼にとってエルメトスさんは、孤児だった自分を拾い上げてくれた義父と同じ、もう一人の恩人だと言っていた。

「師匠、俺は師匠が孤独に生き続けることなんて望んでいません。師匠に寂しい思いなんてさせたくない。だから一緒に暮らしましょう。俺は永遠にはいられないけど、俺の子供が、その孫が、師匠のことを孤独にさせませんから」

「世代を超えて……ああ、そうか。そういう楽しみもあるのか」

そう言ってエルメトスさんは笑う。

私たち人間の寿命は限られていて、エルメトスさんのように永遠を生き続ける才能もない。どれだけ仲良くなっても、いつかくる別れまでは免れない。

それでも一人じゃないと伝えられるように、エルメトスさんが孤独を感じなくていいように、彼の周りにいっぱいの人の輪を、笑顔を作りたいと思う。

そんな気持ちがトーマ君の表情から伝わってきて、彼の優しさに笑みを浮かべる。

「私は、君たちの子供やその先を……君たちの代わりに見守り続けることができるんだね。そうすることを許してくれるんだね」

「はい。俺はそうしてほしい。師匠がいてくれたら安心できます」

「そうか……」

エルメトスさんは目を伏せ、次に瞼《まぶた》を開いた時、彼は私のことを見ていた。

「アメリアも思ってくれるかい？　君の将来の旦那さんと同じ意見かな？」

「だ、旦那さん」

「――！」

不意打ちにそんなことを言われて、思わず赤面してしまう。トーマ君も少し動揺しているようだった。

私とトーマ君は顔を合わせ、お互いの顔の赤さを確認し合って、照れくさくて笑う。

「……はい。私も同じです。見ていてほしいです。見守っていてほしいです。だから一緒に暮らしましょう」

「この場にいないシュンたちも同じ気持ちです。俺が保証しますよ」

「……ああ、そうだね。彼らも優しい子たちだからきっと」

エルメトスさんはトーマ君と私の言葉を噛《か》みしめるように俯《うつむ》いて、しばらくじっと黙ったまま時間が過ぎる。

考えてくれているのだろう。悩んでいるのかもしれない。私たちは期待し、緊張しながらエルメトスさんの答えを待つ。

そして――

「トーマ、アメリア、私の我がままに力を貸してはくれないかい？」

エルメトスさんは何か吹っ切れたような笑顔でそう言った。

私たちは揃《そろ》って答える。もちろん、と。

◇◇◇

翌日、私たちの屋敷の敷地内に、大量の木材や道具が運び込まれた。領地の人たちの協力を得ながら家づくりに必要な素材が運び込まれていく。

領地にいる建築職人さんや、力に自信がある男の人が集まっていた。トーマ君は彼らに向けて言葉を、思いを伝える。

「みんな！　俺の我がままに付き合ってくれてありがとう。家づくりは初めてだから、どうかみんなの力を貸してほしい」

「何言ってるんですか領主様！　これくらい朝飯前ですよ！」

「そうですぜ。これまで散々お世話になってきたんだ。これくらい進んで手伝いますよ」

「みんな……ありがとう」

トーマ君は彼らに深く頭を下げる。

これから屋敷の領地に、新しく家を建てる。エルメトスさんが暮らすための家を。

本当なら同じ屋敷で、一緒に暮らすことができればよかった。けれどそれが難しいと、エルメトスさんは教えてくれた。

今のエルメトスさんに肉体はない。三百年前の戦争の果て、彼は肉体を捨てて永遠を生きることを選んだ。

彼の魂は今、あの森の家を依代《よりしろ》とすることで維持されている。以前、エルメトスさんは言っていた。あの森の中でなければ魔法を使えない。自分は外に自由に出られないと。

そう、彼があの森で暮らすことを選択していたのは、孤独に生きるという代償を支払うためだけじゃなかった。

「今の私は魔法そのものみたいな存在だ。共にいることで、より近くにいることで、今を生きる君たちにどんな影響を与えるかわからない」

私とトーマ君の隣に立つエルメトスさんが呟く。ここにいる彼は本体ではなく、森の中で作った魔法の幻影をこちらに投影させているだけだ。

「この異質な魔力が漂う環境だから余計に危険なんだ。だから私は、あの場所で一切を閉ざし、外へ出さないようにしていたんだ」

「そういえば昔、師匠の家に泊めてほしいとお願いして、絶対にダメだと断られたことがありましたね。あの時は拒絶されたみたいですごく悲しかったけど」

「すまないね、トーマ」

「いいですよ。俺やシュンのことを守るためだったんだって、今はわかっていますから」

思い出を語り合う二人の隣で、私は考えていた。

どうすればエルメトスさんがあの森を出ることができるのか。依代を変更することは可能らしい。つまり問題は、エルメトスさん自身の魔法、魔力による影響のほうだ。

それを解決する方法については考えがある。

「アメリアがいてくれて本当によかったよ。俺一人じゃ解決できなかったからな」

「ううん、私もまだできるかどうか不安だよ」

「俺は心配してない。君なら絶対にできると確信してる」

「あまりプレッシャーをかけてはいけないよ、トーマ。けれどそうだね。アメリアならやってしまえるかもしれない。まったく新しい植物を作ることだって」

そう、私が作ろうとしているのは植物だ。エルメトスさんが抱える問題……というより、彼の不安を和らげることができる植物。

それだけじゃなくて、この土地では無理だと多くの人が諦めていたことを、そんなことないのだと示すことができるかもしれない。

イメージはすでにある。ヒントも、これまで経験した出来事の中にあった。これまで存在しなかったものを作るのは簡単じゃない。

だけど、今までもそうだったように、これからもそうであるように、私は作ろうと思う。生み出すことが、錬金術師の強さだから。

建築のほうはトーマ君や職人さん、大人たちに任せている。エルメトスさんには、感性を楽しみにしてほしいから、しばらく森の住居に戻ってもらうことになった。

本当に楽しみだと、今からワクワクすると言ってくれていた。その期待に応えられるように、私も頑張ろうと思う。

「さてと」

私は研究室に鉢植えを複数持ち込んだ。種類は違うけど、全て同じ、とある木の苗木だ。今から作り出す創造物の基盤となる。

そして、もう一つ重要な素材がここにある。

「残しておいてよかった。あまりいい気分にはなれないけど」

テーブルの上に一緒に並んでいるのは、結晶化した植物だ。この地に漂う異質な魔力が蓄積することで、魔力を宿し、結晶化してしまった花や草。

おそらくこの世界で唯一、魔力を宿したまま成長してきた植物たち。これらの植物に含まれる情報が必要になる。

かつてこの地の人々を苦しめた病が、今度は希望になるかもしれない。この結晶はある意味、エルメトスさんが抱える後悔の源だ。

この力を上手に使って、誰かの笑顔に繋げることができれば……エルメトスさんの心にある重みを、少しは軽くすることができるだろうか。

それも全ては……。

「私の仕事次第、だね」

と、自分に言い聞かせて気合を入れる。

外ではみんながせっせと働いてくれている。嬉しいことに、昨日に引き続き本日も晴天だ。

春は建物を吹き飛ばすほどの強風に悩まされていた。強風は建物造りにおいて最大の敵であり、一番の懸念点だった。

いざという時は、エルメトスさんが魔法の結界で屋敷の周辺だけでも守ってくれるそうだけど、極力エルメトスさんの力は借りたくないとトーマ君は言っていた。

その想《おも》いが通じたのか。まるで世界すら、私たちに味方をしてくれているようだ。


建築は進み、私も研究が進む。

外の環境のほうはようやくこの地の春らしくなって、毎日のように荒れ狂う強風に悩まされていた。結局エルメトスさんの助力を得て、トーマ君は情けないと言っていた。

エルメトスさんは笑って、これくらい助けさせておくれと言っていたけど、トーマ君は格好つけたかったのだろう。

男の子だから。大好きな人に、憧れた人にいい格好をしたいのは当然だ。

私は男の子じゃないけれど、その気持ちはよくわかる。私はいつも思っていた。大切な人たちに、大好きな人に笑ってもらいたい。

凄いな、よく頑張ったなと褒めてもらいたい。それこそが私の原動力になっていた。

「……よし、あと少しだ」

頑張ろう、と改めて気合を入れなおす。

トーマ君と二人で、春が終わってしまう前に完成させたいと話していた。そうなれば一番いい、春が一番ピッタリだ。

だから少し急ごう。いつも通りなら、残り十日ほどで春が終わり、暑くて仕方がない夏の季節がやってくる。

この木に咲く花を見るならば、やっぱりどの季節よりも春がいい。

一週間後――

私たちの屋敷の中にはもう一軒、新しい家が建った。

屋敷とは違って木で造られた一階建ての家は、どこか森の中の小さな家を髣髴《ほうふつ》とさせる。いろいろ悩んだけど、見た目はこれまで彼が暮らしていた家に寄せることにした。

こっちのほうがエルメトスさんが暮らす家みたいで、私たちも安心する。そして本人も、まったく変わってしまうよりはいいだろうと。

それからもう一つ、みんなが注目しているものがあった。

「凄い……綺麗だ」

「ねぇママ！　とってもピンク！」

「ええ、そうね。まささここで、この花を見られるなんて思わなかったわ」

手伝ってくれた人たちだけじゃない。領地に暮らす人々の多くが、その花を見るために集まっていた。

エルメトスさんは少し恥ずかしそうに微笑みながら呟く。

「なんだか不思議な気分になるよ」

「今日からは師匠も、見られる側になりましたね」

トーマ君は悪戯《いたずら》っぽい笑顔でそう語る。

エルメトスさんが暮らす家の隣には、大きくて綺麗な桃色の花を咲かせる木が立っていた。

それは春の風物詩。季節の始まりを髣髴とさせる美しくも勇ましい樹木。そう、サクラだ。この領地に、サクラが花を咲かせている。

「アメリア、君は本当に凄いな。ここでサクラが見られるなんて思わなかった」

「そう言ってもらえてよかったよ」

嬉しそうなトーマ君の顔を見たら、私も嬉しくなって笑みがこぼれる。

イメージしたのはあの日の夜、こっそり屋敷を抜け出し二人で見つけたサクラの幻想だ。結局あれがなんだったのかはわからない。

ただただ印象的で、とても綺麗だったことは覚えていた。あの時のように、この地にもサクラの花が咲き誇れば、どれほど美しいかと想像した。

今、エルメトスさんはあのサクラを依代にしている。あれはただのサクラではなく、私の錬金術で生み出したまったく新しい品種。

一言で表現するなら、決して枯れることのない魔法のサクラだ。

「私の魔力を栄養にして花を咲かせるサクラか。よくこんな方法を思いついたね」

「きっかけは結晶化です。植物も魔力を宿すことはできると知っていたので、もしかしたらできるんじゃないかって」

「なるほど。あの悲劇からこの花を連想したのか……トーマの言う通り君は凄いよ。思いつくことも、やってのけてしまうことも。私なんかよりよっぽど特別だ」

「そ、そんなことありません。全部きっかけがあったからできたことですから」

エルメトスさんの不安は、自分自身が人間ではなく、魔法によって魂をこの世界に留《とど》まらせているということ。

この土地は魔法によって壊れてしまった。それ故に、強力な魔法の力を、常に近くで感じる者たちへの影響を懸念した。

だから私は、彼が扱う魔力をサクラを通して循環させることで、周囲に必要以上に漏れてしまわないようにしたんだ。

この綺麗なサクラの花は、エルメトスさんの魔力によって咲き続けている。エルメトスさんの魔力がサクラを満たすことで、花は満開となる。

つまりこのサクラは、エルメトスさんがいる限り、決して枯れることはない。彼の魔法で守られているから、環境による影響も最小限だ。

春の強風にも負けず、夏の溶けてしまいそうな暑さにも負けず、植物にとって天敵である秋の乾燥にも耐え、冬の凍《い》てつく寒さをもしのぐ。

そしてこのサクラは、いつかこの領地にとって希望になると私は思っている。

「この地に漂う異質な魔力も、いつかサクラの栄養になればいいなと思っているんです。今はまだ難しいですけど」

少し試してみたけれど、異質な魔力を取り込むようにすると、サクラは一瞬で結晶化してしまった。やはりこの地の魔力は特別なんだと思い知る。

けれど魔力で花を咲かせるサクラは完成した。ならば不可能ではないだろう。少なくとも私はそう思っている。

「いつか必ず、私がこの土地を満開のサクラで埋めちゃおうかな、なんて思っているんです」

「アメリア、君は……」

「あははは、まだまだ夢の話ですけど」

「……いいや、君ならきっとできるだろう。私には成し得なかった奇跡を、君は何度も起こしている。だから期待する。期待してしまうんだ……私も、みんなも、君にね」

エルメトスさんはそう言って目を伏せる。

私はその期待に応えたい。この地で暮らす錬金術師として、やれることを精一杯に。

「俺も見てみたいな」

「トーマ君」

「満開のサクラ、ここが桃色で染まる光景を……想像するだけでワクワクする。俺も手伝うよ」

「うん」

私とトーマ君は手を繋ぐ。

いつかの夢を現実にするために、今はこの一本のサクラを見つめて。

「ならば私は見守ろう。君たちの幸せを、ここで……」

エルメトスさんは呟く。

こうして孤独な魔法使いはいなくなった。

第二章　思えば伝わるわけじゃない――　Chapter Two

王家直属の諜報員《ちょうほういん》。彼ら、彼女たちの仕事は多岐にわたるが、その大半が闇の中に潜む悪を暴き出すことにある。

王国の内外に拘《かか》わらず、人によって生み出された集団の中には、必ず隠された闇が存在するものだ。欲深い誰かがいることを知っている。

故に彼らは暗躍する。闇に潜み、闇の中から真実を探るために。

彼らにとって国王を含む王国上層部の命令は絶対だった。機密情報を扱う者が多いこともあり、その行動には責任が伴う。

それは彼女も例外ではなかった。

「……」

深夜、人気《ひとけ》の失《う》せた王都の街中をシズクは歩いている。その手には、新たに下された命令書が握られていた。

これまで何度も、様々な依頼をこなしてきたシズクだったが、この時ばかりは諦めに近い感情を抱いていた。

「……これが最後かも……しれない」

彼ら、彼女たちは王国の意思を示す者たち。それ故に命令は絶対であり、逆らうことなど選択肢にも浮かばない。

たとえどんな命令だろうとも、彼らは遂行する責任がある。

◇◇◇

季節の巡りは本当に速い。

この領地で過ごしていると、普通に生活していても一年を短く感じるだろうか。それとも逆に長く感じるだろうか。

私の場合は長く感じている。春夏秋冬が一巡すれば一年が経過することが常識で、そういう環境に長くいた影響もあるだろう。

私はまだこの地に来て五か月しか経過していないのに、もう一年以上経《た》ったような感じがする。

という話をトーマ君にしたら、彼は笑いながらこう言った。

「それだけ濃い経験を、この短い期間でしてきた証拠じゃないかな？　俺も普段よりも、この一年は長く感じているし」

「トーマ君もなんだ」

「ああ。アメリアが来てくれてから、ここでの生活は変わったよ。夏といえば汗も蒸発するくらい暑くて、とてもじゃないけどまともに働けなかったのにさ」

トーマ君と私は、涼しい室内で外を見ている。外は相変わらず太陽が燦燦《さんさん》と照って暑いけれど、出歩けないほどではなくなっていた。

「これまでの発明がうまくハマったな」

「うん」

前回の夏に作った氷の花、イモータルフラワー。それから冬に殿下の力も借りて作った暖房設備を組み合わせることで、夏の生活は激変した。

イモータルフラワーで生成された冷気を、建物の内外に張り巡らせた管を通して運び、室内や外にまで冷たい風を吹かせることで、暑さを軽減している。

「この前まで室内だけだったけど、これからは外も大分マシになるんじゃないかな？」

「ああ、これで仕事も捗《はかど》るよ。ありがとうな、アメリア」

「私よりもエドワード殿下にお礼を言ったほうがよさそうだけどね」

「……それはわかってるんだが、なんとなく気が進まないな。偉そうな顔されそうで」

そう言ってトーマ君は苦笑い。なんとなく、お礼を言った後の殿下の反応が想像できてしまうから、私も同じような顔をする。

冬の寒さからこの地のみんなを救うため、エドワード殿下は協力してくれた。私が焚《た》きつけたことだけど、他国の事情にわざわざ手を貸してくれた。

得るものはあったと言ってくれていたけど、私たちのほうが多くを貰《もら》っている。

「エドワード殿下、今頃どうしているのかな」

「頑張ってるんじゃないか？　自分が国王になるんだって言ってたしさ」

「そうだね。エドワード殿下ならなれるよ」

「……まぁ俺としても、そうあってほしいとは思うけどな」

トーマ君は難しい表情をする。ふと、別れ際にエドワード殿下が教えてくれた事情を思い出す。

エドワード殿下は第三王子、つまり上に二人の王子様がいる。世論ではこの二人のどちらかが、次期国王になると噂《うわさ》されていた。

決してエドワード殿下が二人に劣っているわけではない。ただ、生まれた順番が悪かった。王族も貴族も同じだ。

先に生まれた者を優先する傾向が強い。能力に大きな差がないなら尚更《なおさら》、先に生まれた者を支持する。

要するに第一王子が次期国王の筆頭で、その次である第二王子は、第一王子に何かあった時のための保険で、エドワード殿下はさらにその保険だった。

エドワード殿下はそれをよしとしていたけど、私たちとの交流を経て考えを変えたらしい。

彼は自分こそが次期国王になると誓った。そしてこの土地を守ると。

二人の王子たちは完璧主義者で、今の中途半端な国同士の関係を快く思っていない。全てを解決するために戦争を起こすかもしれない。

そうなればまず間違いなく、この地が戦場になるだろう。なぜならこの地ほど、何も気にせず戦える絶好の場所はないから。

初めから、環境もすでに壊れてしまっている土地ならば、どれだけ壊そうと関係ない。事情も何も知らない人たちはそう思う。

そんなことはさせないと、エドワード殿下は言ってくれた。願わくば彼に次の国王になってもらいたい。そのための手助けなら、私もいくらでもしたいと思っている。

「——私もそれを期待しているよ」

「師匠」

「エルメトスさん、こんにちは」

「ああ、こんにちは」

先日から屋敷の敷地に引っ越すことができたエルメトスさん。依代《よりしろ》としているのは私が作った枯れない魔法のサクラだ。

そこを中心として、屋敷の敷地内くらいなら自由に行動できるようになっている。だからこうして時折、屋敷の中で顔を合わせることも増えた。

「エドワード殿下の話をしていたようだね？」

「はい。夏が今こうして楽になったのも、一応あいつのおかげではあるので……」

「ふふっ、相変わらず意識しているようだね、彼のことは」

「意識とかそういうんじゃないですよ」

「素直じゃないな、君は」

そう言ってエルメトスさんは笑い、トーマ君は恥ずかしそうにそっぽを向く。トーマ君とエドワード殿下は友人で、よく張り合っている様子が何度もあった。

エルメトスさんの話しぶりからして、私が知るずっと前からそういう関係なのだろう。

「私も、彼にはぜひ国王になってもらいたい。もしも戦争なんてことになったら、私一人の力では止められないからね。もしできたとしても、ひどい結果には変わらない」

「大丈夫ですよ。きっとそんなことにはなりません。少なくとも現国王はするつもりはないようですし、まだ元気そうなので王位が継承されることも先でしょう」

「そうだね。けれど安心はできないよ。時代は移り変わり、人の心も移り変わり、世界では何が起こっても不思議じゃないんだ」

「そうですね。俺も領主として、もしもの時にみんなを守れるようにしないと」

トーマ君は決意を秘めるようにぐっと拳を握った。それを見たエルメトスさんは優しく、今から気負いすぎないようにと忠告する。

戦争……この地でかつて起こった大きな争い。私は一度も経験したことがないけれど、環境を変えてしまうほど大きな戦いだったことはわかる。

願わくばこのまま平和が続いてほしい。せっかく、人々の笑顔が増えてきたんだから。

「――あれ？」

「ん？　どうかしたのか？　アメリア」

「あそこにいるのシズクじゃないかな？」

屋敷に向かってとぼとぼと歩いている人影を見つけた。普段はいつの間にか屋敷にいる彼女が、今は堂々と歩いている。

「本当だ。珍しいな」

「うん。それになんだか……」

悲しそうに見えてしまった。彼女は満開のサクラにも気づかず、屋敷の敷地内を歩いて玄関のほうへと近づいている。

心配になった私とトーマ君は、シズクを玄関まで迎えに行くことにした。

「私は遠慮しておこう。きっと君たちだけのほうがいい」

と、エルメトスさんは告げて逆方向へと歩いていく。エルメトスさんのことだから、彼女が悲しそうな理由に気づいたのだろうか。

私たちは急いで玄関に向かう。すると先に、シュンさんがシズクの前に立っていた。

「シズクか。帰ってきてたのか」

「……」

どうやら偶然、玄関を通り過ぎたところでシズクと遭遇したようだ。

シズクのシュンさんへの想《おも》いを知っている私たちは、いつものように動揺したりドキドキしたりする可愛《かわい》い彼女を期待する。

けれどもシズクは俯《うつむ》いたままだ。

「シズク？　どうかしたのか？」

「……シュンさん」

ぼそりと、小さな声でシュンさんの名前を呼ぶ。

普段と様子が違うことに、さすがのシュンさんも気づいているみたいで、心配そうな顔を彼女に向けていた。

「本当にどうしたんだ？　何かあったのか？」

「……お別れを」

「え？」

「お別れを……言いに来た」

突然告げられたそれに、私たちは言葉を失った。

◇◇◇

シズクに新しく下された命令は、王都に拠点を構えるとある貴族の調査だった。

その人物は王都でも有数の権力者で、様々な事業を手掛けている実業家としての一面も持っている。

しかし近年、よくない噂も増えていた。住民から金品を吸い上げ、他国と秘密裏に繋《つな》がり、よくない製品や素材を取引している。

あくまでこれらは噂でしかなく、決定的な証拠が摑《つか》めたわけではなかった。そこで彼女に調査の指令が下った。

ここまではいつものことらしい。権力者たちの不祥事を、これまで何度も調査し、暴いてきたシズクにとっては日常でしかなかった。

が、今回の相手は思慮深く、これまでの方法では調査は困難である。現にこれまで、別の諜報員が調査し、全て失敗に終わっている。

この時点ですでに、対象が何か罪を犯していることは明白だった。それでも証拠がなければ罰することはできない。

相手は貴族、権力を持つ者は相応にして備えを持っている。より深く調査するためには、対象に更なる接近を図る必要があった。

どうやら調査対象は根っからの女好きで、若い女性を何人も愛人にしているという。貴族が妻以外の女性を愛することは珍しくない。

「だからって、シズクにその役をやらせようっていうのか」

「……そういう命令だから」

私たちはシズクを応接室に案内して、彼女から詳しい話を聞いた。

部屋には私とトーマ君、シュンさんも一緒にいる。イルちゃんも心配そうにしていたけど、重く難しい話になりそうだからと、この場には参加していない。

彼女がいれば必ずこう言ったはずだ。

「ありえないだろ」

イルちゃんの代わりに、トーマ君が怒りを見せている。

王国からシズクに下った命令は、対象に接近するために愛人になるということ。それだけでも大変なのに、相手は思慮深いからすぐには尻尾を見せない。

一年、二年……下手をすればもっと時間がかかるかもしれない任務だ。王国はシズクの正体を悟らせないために、任務完了まであらゆる交友を絶つように命令してきた。

つまり、この任務が終わるまで私たちはこうして話すことができなくなる。そして任務が終わるのは……いったいいつ？

「そんな依頼、断れないのか？」

「無理。私に下された命令は絶対だから」

「だったらその、辞めたりとかはできないの？」

「……辞められない。私の仕事は王国の深い部分に関わっている。だから自分の意思じゃ辞められない」

シズクは唇をぐっと噛《か》みしめていた。

私やトーマ君に言われるまでもなく、シズク自身が理解しているんだ。この仕事をしている限り、彼女に自由はないことを。

それがどんな命令であれ、彼女には従う義務があるという事実を。

だから……。

「トーマ、アメリア……シュンさん」

「――!」

「今日まで、私と仲良くしてくれてありがとう」

シズクはお別れを言いに来た。

いつ終わるかもわからない。成功する保証もない任務に赴く前に。もう二度とこうして会えないかもしれないから、せめて挨拶だけはしようと。

シズクの気持ちが痛いほど伝わって、私は泣きそうになってしまう。

そんな中、シュンさんは最後まで無言のままだった。

◇◇◇

簡単だけど、シズクのお別れ会のようなものをした。

事情を聞いたイルちゃんは嫌だと泣いていたけど、私たちがどれだけ声をあげても、王国の命令である以上はどうしようもなかった。

トーマ君も悔しそうだった。

自分にもっと権力があれば……辺境の領主には、王家に意見することは恐れ多くてできもしない。何かを叫んだところで聞き入れてはもらえない。

悔しい思いをみんながしている。とてもじゃないけど、笑ってお見送りなんてできるわけもなく、微妙な空気のまま夜になった。


「本当にこれでいいの？」

「……」

私は夜、彼女の部屋で問いかけた。

もちろん、どうしようもないってことはわかっている。命令が覆るなんて奇跡を期待しても、それが叶《かな》うことはないのだろう。

でも、だからこそ、こんな状況だからこそ伝えるべきなんじゃないかと思った。

「シズクの気持ち、シュンさんに伝えなくていいの？」

「……」

シズクはシュンさんのことがずっと好きだ。そのことを本人以外の、私やトーマ君は気づいている。

シュンさん本人は鈍感らしくて、こんなにもわかりやすいのに気づいていないみたいだ。このままでは彼女は、シュンさんに一生想いを気づいてもらえない。

通じるかどうか以前に、伝わることすらない。そんなのはダメだと、おせっかいを承知で彼女に問いかけていた。

「……無理よ」

「どうして?」

「意味がないでしょ? 私がここで告白しても、きっとシュンさんを困らせるだけだから」

「そんなことない。ううん、困らせることになってもいいんだよ。だってずっと好きだったんでしょ?」

「……うん」

シズクの瞳から涙がこぼれ落ちる。

抑えていた感情が、私の問いかけに呼応するように漏れ始める。

「好きだった。ずっと……大好きで、お話しできるだけで幸せだった。けど……もうそれも終わりだから」

「終わらせていいの？」

「そうするしか……ないでしょ？　困らせたくないの、シュンさんには幸せになってほしいから」

「そんな風に自分を押し殺しちゃダメだよ！」

私は感情的になり、シズクの両肩をガシッと掴む。

想像してしまったんだ。もしも彼女と同じ立場に置かれて、自分の恋を、気持ちを諦めないといけなくなったら？

トーマ君のことが好きで、大好きで、ずっと一緒にいたいと思っている。けれどそれができないと諦めてしまったら？

私なら一生後悔するし、想いすら伝えずにさよならすれば、勇気のない自分を呪うだろう。

結果は変えられないかもしれない。それでも……。

「後悔はしないでほしい。誰かを好きになったことは、間違いなんかじゃないって思ってほしい」

「アメリア……」

「なんでも言ってよ！　私、シズクのためならなんでもする！　きっとトーマ君やみんなだって同じだよ」

「……ありがとう」

私たちは涙を流す。

お互いにどうすることもできなくて、それでも幸せになってほしいと願っているから。

この日の夜、彼女は朝を待たずして屋敷を去った。きっと決意が鈍らないように。さよならを告げずに、彼女はいなくなった。

それから一週間が経過した。

屋敷の中は暗く、外の暑さなんて気にならない。私は変わらず研究室で仕事をして、休憩時間になって外に出た。

廊下を歩き、シズクのことを考えている。今頃彼女はどうしているのだろうか。結局想いを伝えないまま、彼女は言ってしまったけれど……。

「せめて気持ちだけでも伝わって……」

「おい、何やってるんだよ」

「トーマ君？」

私に言ったのではないことはすぐにわかった。廊下の先、玄関の近くで二人が話している。トーマ君の前にいるのはシュンさんだった。

「何って、仕事中だろ」

「そうじゃない。なんでまだここにいるんだ？」

「……何言ってるんだ。ここは俺の家でもあるんだから、いて当然――」

「シズクのこと、気づいていないフリをいつまでも続けるなよ」

トーマ君の一言にシュンさんがびくりと反応して固まる。少し離れたところで隠れて聞いていた私も動揺した。

シズクの気持ちにシュンさんは気づいていない。トーマ君も確かにそう言っていた。そのトーマ君が今……。

「お前……」

「気づかないわけないだろ？　お前のことなんだ。ずっと一緒にいた俺が気づかないとでも思ったのか？」

「……そうか。そうだよな」

「当たり前だろ？　あれだけわかりやすいんだ。いくらお前が鈍感でも、気づかないほど馬鹿じゃない。シュン、お前は気づかないフリをしていたんだ」

図星なのだろう。シュンさんは肯定も否定もせずに俯いていた。

私は思う。どうして気づかないフリをしていたのか。その答えも、トーマ君の口から語られる。

「お前は真面目すぎるんだよ。どうせ、俺たちの護衛の仕事があるから、自分のことなんて二の次でいいとか考えたんだろ？」

「……はは、さすがによくわかって――」

その瞬間、トーマ君はシュンさんの胸倉を摑んだ。

「ふざけるなよ！」

「トーマ……」

「お前がどう思うかはお前の勝手だよ。けどな？　あいつの想いに応えない理由を、俺たちに押し付けるんじゃない」

「――！」

トーマ君の声が屋敷いっぱいに響く。

こんなにも大声で怒っている彼は久しぶりに見る。私のことで怒ってくれたことは何度もあった。けれど、その時とは違う。

「自分の気持ちを誤魔化す理由に俺たちを使うな！　そんなことをするくらいなら、今すぐお前をクビにしてやる」

「……トーマ」

「俺は本気だぞ？　シュン」

「……」

トーマ君の真剣なまなざしに、シュンさんは目を背ける。

「なぁシュン、俺はお前のことを家族だと思ってる」

「トーマ？」

「そう思ってるから、お前にも幸せを摑んでほしい。心からそう思ってるんだよ。もしお前の幸せに俺が邪魔なら、喜んで悪役にでもなれるってくらい」

それくらいの覚悟があると、トーマ君は嘘偽《うそいつわ》りなくシュンさんに伝えた。

トーマ君にとってシュンさんは、小さい頃から共に時間を過ごしてきた親友であり、もっとも近しい家族のような存在でもある。

短い時間しか関わりのない私でもわかる。だってトーマ君は、シュンさんのことを心から信頼していて、いつだって頼っていたから。

「……俺は、お前ほど器用じゃないんだよ、トーマ」

「知ってる。なんでもできそうな雰囲気出して、意外と不器用だよな、シュンって」

「そうだな。そんなこと、この屋敷の奴《やつ》らにバレてるか」

「当たり前だろ？　みんなお前を見てるし、信じてるんだよ」

「……ああ」

シュンさんは胸倉を摑むトーマ君の手に触れる。そうして決意を伝える。

「悪いトーマ、しばらく暇を貰ってもいいか？」

「ああ、行ってこい。むしろちゃんとけじめをつけるまで戻ってこなくていいぞ」

トーマ君はシュンを離し、両肩を持ってくるりと背を向けさせ、玄関のほうへと背中を押す。

「頑張れよ、シュン」

「おう。ありがとう、トーマ」

トーマ君に背中を押され、シュンさんが走り出す。

彼が屋敷を飛び出す様子を、私もトーマ君の後ろから見ていた。私にできることはないだろう。

ただ、祈っている。

シュンさんとシズク、二人のこの先に素敵な魔法がありますようにと。

◇◇◇

トーマの言葉に背中を押され、決意したシュンは屋敷を飛び出した。が、すぐに足を止めることになる。

後悔や不安から止めたのではない。なぜなら、会いに行くべきその人を見つけたから。

「シズク？」

「――！　シュンさん？」

彼女はここにいた。

新しく咲いた枯れることのない魔法のサクラの木の下に立っていた。シズクはサクラの木を背にして振り向き、二人は向かい合う。

「どうしてここに？　任務に行ったんじゃないのか？」

「えっと……お、終わらせてきました」

「え？　終わらせた？」

「は、はい。その……任務の目的は証拠を掴むことだったので……」

シズク曰《いわ》く、目標である人物が思慮深く、決して尻尾を見せないから近づく必要があった。そういう任務だった。

しかし逆に、証拠さえ摑んでしまえば接近する必要などなくなる。

「それで……証拠を見つけてきたのか？」

「はい」

「どうやって？」

「その……が、頑張りました」

そう言って彼女は笑う。

アメリアと話をして、彼女の中でシュンへの想いは捨てられなかった。それどころか会えなくなる悲しみから、より強くなった。

だから彼女は、最後に悪あがきをしてみることにした。誰にも言わずに屋敷を出たのは、みんなを巻き込まないために。

これまで培ってきた技術、経験、少し危ない橋も渡って、秘密だらけの男から最大の証拠を引き出して見せた。

「せっかくお別れ会……してもらったけど、無駄にしちゃってごめんなさい」

「……いや、誰もそんなこと」

そうか、もう離れる心配はないのか。

シュンは安堵《あんど》した。ならば何も伝えずとも、これまで通りの日常が戻ってくると。

「——って、それじゃダメだよな」

「え？」

シュンの決意は揺らいでいなかった。彼はシズクのほうへ歩み寄る。

「ごめん、シズク。シズクがそんなに頑張ってくれる理由、俺はもう知ってるんだ」

「え、ええ？」

「本当はずっと前から気づいてた」

「え、あ……」

動揺して後ずさろうとするシズクの手を、シュンさんは少し強引に握って繋ぎ留めた。シズクは隠れるのが得意だ。

本気で隠れた彼女は、たとえトーマやシュンであっても見つけられなかった。だからこそ、この手を離さないとシュンは強く握る。

「シュ、シュンさん？」

「今まで、気づかないふりをしてすまなかった」

「……」

「随分と遅くなったし、こんな時じゃなかったら勇気も出なかった。情けない男だよな」

「そ、そんなこと」

「でも、今日までだ」

シュンは手を引き、より強引にシズクを近づける。お互いの肩が触れ合うほど近くに、あと少し前に出れば、唇が重なるほどの距離で告げる。

「話があるんだ。シズクに、聞いてほしい話が」

「……は、はい」


二人がこの後何を話し、何を誓い合ったのか。

それを知るのは二人だけ。トーマも、アメリアも知らない。

二人だけの時間がここにある。

第三章 決戦と誓い

Chapter Three

再び季節は巡る。

夏の厳しい暑さは和らぎ、代わりに汗が蒸発してしまうほどの乾燥の時季がやってきた。

秋は本来四季の中でも比較的過ごしやすい時季だけど、この領地ではどの季節も変わらず大変な問題を抱えている。

とはいえ、前回の秋を経験し、その対策を考え実行したおかげで、二回目の秋は比較的楽だ。

スライムからヒントを得て作り出した『水錬晶』。そしてここでも大活躍するのが、エドワード殿下の力を借りて完成した暖房設備の管だ。

潤った空気を配管を通して領土中に循環させることで、秋の厳しい乾燥を緩和してくれている。

おかげで一度目よりも快適に過ごせそうだった。

「やっぱり釈然としないな……」

「トーマ君は負けず嫌いだよね」

「相手によるよ」

トーマ君は領民の生活が楽になって喜びながらも、エドワード殿下のおかげだとわかっているからなのか表情が引きつっている。

「それに、やっぱり悔しいな。俺は大して役に立てていないのに、あいつが造った物がこの地を支える一部になっていると思うとさ」

「トーマ君……」

「領主として情けないよ」

そう言いながら、彼は切なげに微笑《ほほえ》む。

エドワード殿下のような財力が、決定権が自分にあれば、もっと領民のためにいろいろなことができたかもしれない、と。

「そんなことないよ。私もみんなも、トーマ君に支えられているから」

「アメリア」

「特に私なんて、トーマ君が見つけてくれなかったら、今頃どこかでフラフラと、住むところもなく途方に暮れていたかもしれないんだよ？」

「そこまでではなかっただろ。君は才能がある。他の誰にも負けない才能が。君がその気になれば、こんな辺境じゃなくてもっと大きな場所で活躍できる」

「ううん」

私は首を横に振る。

「私はまだまだ未熟者だよ。確かに最近はちょっと自信がついてきたけど、あの頃の私は自分が信じられなくて、とにかく頑張るしかないんだって思ってた」

頑張ることは悪いことじゃない。けれど、私はどうやら頑張りすぎてしまうらしい。

王都で、宮廷で働いている時もそうだった。毎日毎日、積み上げられた書類と睨《にら》めっこして、みんなが仕事を終える時間にもテーブルに向かい仕事を続けていた。

どれだけ早く仕事を終わらせても、だったらまだ頑張れるよねと、新しい仕事の山がどさっと目の前に置かれる。

理不尽だとは思っても、拒否することができなかった。もっと頑張らないと認めてはもらえない。与えられた仕事なら、最後までちゃんとこなさなければいけない。

そんな風に自分の気持ちを押し殺して、いつ終わるかもわからない仕事に取り組んだ。

誰も、誰一人としてそれはおかしいと言ってくれなかった。手伝ってほしいわけじゃない。ただ、気づいてほしかったのだと、今ならわかる。

私は弱いから、自分じゃ止められない。

休んでもいいんだよ。君は頑張りすぎなんだから、それじゃ倒れてしまうよ。

そんな風に優しい言葉をくれたのは、トーマ君が初めてだったし、本当に嬉《うれ》しかったんだ。

「私の人生は、トーマ君との出会いに、言葉に支えられ続けているんだよ？」

「アメリア……」

それはきっと、これからだって同じだ。

好きだと気づいたから。いつの間にか大好きになっていたあなたに笑ってほしくて、少しでも喜んでほしくて頑張ろうと思う。

けれどあなたは優しくて、頑張りすぎる私を無視できないから、きっとまたそんなに頑張らなくても大丈夫だよと言ってくれる。

そういうやり取りも全部、私にとっては宝物だった。

「だからね？　これからもよろしく……っていうのは、何か変かな？」

「……いいや、こちらこそだ」

「あ――」

トーマ君は私の肩に手を回し、そのままぎゅっと抱きしめてくれる。

「アメリアは本当に凄《すご》いな」

「ト、トーマ君？」

「君みたいな女の子に好きだと言ってもらえる……俺は幸せ者だよ」

「……私のセリフだよ」

路頭に迷うだけだった私を見つけて、ここに連れてきてくれた。あの出会いは間違いなく、運命だったのだろう。

今、こうして彼の胸に抱かれる幸福が、ずっと続けばいいのにと心から思う。

「――昼間から見せつけてくるのだよ」

「なっ――」

「え？　エ、エドワード殿下!?」

気づけば私たちの隣に、隣国の第三王子エドワード殿下が呆《あき》れた顔で立っていた。

確認するまでもないが本人だ。そしてこれも確かめるまでもないが、ここはトーマ君の領地で、トーマ君の屋敷の中、その廊下だった。

「久しぶり、というほどでもないのだよ」

「なんでお前がここにいるんだ？　何の予定も入ってないし、そんな話は聞いていないんだが？」

「ふっ、愚問なのだよ。それはいつものことだろう？」

「……それもそうだな」

トーマ君は呆れながらため息をこぼす。エドワード殿下がやってくるのはいつも突然で、他国の領地だというのに連絡もない。

もっともここは王国にとってもあまり価値のない土地で、いくら他国の王子が出入りしていても、わざわざ報告しなければわからないだろう。

それにこの二人は、小さい頃から知っている友人同士だ。友人の家を訪ねるのに、仰々しい手続きなんて必要ない……とはいっても、せめて連絡はしてほしい。

そんなトーマ君の声が聞こえてくるようだった。

「見せつけてくれるではないか」

「え、あ、トーマ君」

「ああ、そうだったな」

私のことを抱き寄せていたトーマ君が私のことをゆっくりと解放する。なんだか名残惜しそうに、もう少しこうしていたかったという思いが伝わってくる。

私のほうこそ、トーマ君の胸の中は温かくて、とても大きくて安心するから、もうちょっとこうしていたかったと思う。

「その様子なら進展があったようだな」

「おかげさまでな」

「ん？　俺は何もしていないのだよ」

「お前と、レイナ姫がおせっかいを焼いてくれたのはもう知ってる。おかげでアメリアに先を越されたよ」

トーマ君が言っているのは告白の話だろう。レイナ姫に焚《た》きつけられ、エドワード殿下と関わることで、私は自分の気持ちに気づき、正直になることができた。

だから私は、二人にとても感謝をしている。トーマ君も同じだけど、男として先に告白したかった彼にとっては複雑な心境らしかった。

「ふっ、告白を先にされるとは、情けない男なのだよ」

「うるさいな。俺にもタイミングがあったんだよ」

「言い訳だな。アメリアよ、こんな情けない男より、やはりこの俺の妻になったほうがよかったのではないか？　あの時の返事なら取り消しても構わないのだよ」

「え？　アメリア？」

何の話だと、心配そうな顔をトーマ君が向ける。

殿下が言うあの時というのは、きっと別れ際に求婚されたことだろう。私はそれを断り、トーマ君が好きだと初めて誰かに伝えた。

その話は詳しくトーマ君にはしていなかったことに、今さら気づく。そのことを伝えると、トーマ君は悔しそうな顔で言う。

「そんなことがあったのか……こいつにも告白で先を越されてたなんて……」

「さらに情けない男になってしまったな、トーマ」

「くっ……そこは悔しい限りだが、それでもアメリアは渡さないぞ！」

「わっ！」

トーマ君は私の肩に手を回し、ぐっと近寄り胸の中に納める。抱き寄せるのではなく、私の肩がトーマ君の胸に当たる。

「彼女は俺の婚約者だからな」

「ほう。まさかそれもアメリアのほうから提案したわけではないだろうな？」

「ああ、俺から伝えたよ」

「……ふっ、そうか」

エドワード殿下は微笑む。嬉しそうに、けれど少しだけ残念そうに。そして皮肉交じりに、嫌になったらいつでも歓迎するのだよ、と私に言った。

本当に殿下は、トーマ君をからかう冗談が好きな人だと思った。

「で、今回は何をしに来たんだ？」

「もちろん、お前たちをからかいに来たのだよ」

「お前……」

「ふっ、冗談なのだよ。お前たちのことをからかうためだけに、わざわざ国境を越えてこんな場所へ来はしないのだよ」

「こんな場所とか言うなよ……」

エドワード殿下は小さく微笑み、廊下にある窓から外の景色を見つめる。ちょうど窓からは魔法のサクラが見えている。

「確かに……俺が知る光景とはずいぶん変わってきたのだよ。秋にも残る桃色の花……こんな光景はおそらく、この地でしか見られないだろうな」

「見に来る価値があるだろ？」

「それはそれなのだよ。俺は別の目的で来ている。アメリア」

「は、はい！」

突然、エドワード殿下は真剣な表情で私の名前を呼んだ。自然と気が引き締まって、背筋がピンと伸びる。

「お前に協力してほしいことがあるのだよ」

「協力、ですか？」

「うむ。お前の錬金術師としての力を借りたい。俺が新たな国王となるために」

◇◇◇

馬車に揺られ、私たちは国境を越える。

二度目ともなると緊張はあまりしなかった。隣にトーマ君も一緒にいてくれるから、なんだか遠足にでも行くような気分になる。

「まさか、また国境を越えることになるとはな……しかもこの短期間で二度も」

「嫌ならお前は留守番していればよかったのだよ」

「ダメに決まってるだろ？　アメリア一人を行かせられるか」

「心配性だな。この俺が一緒にいるのだ。心配することなど微塵《みじん》もないのだよ」

「だから心配なんじゃないか」

トーマ君は小さくため息をこぼす。エドワード殿下は彼がこういう反応をするとわかってからかっている様子だった。

この二人は本当に仲良しだ。なんて直接言葉にすると、トーマ君がムスッとしてしまいそうだから、私は心の中だけで思う。

「ところでトーマ、屋敷にシュンの姿が見当たらなかったようだが？」

「ん？　ああ、あいつは今休暇中」

「ほう、休暇か？　珍しいこともあるものだな。あいつが休暇を取った話など、これまで一度も聞いたことがないのだよ」

「そこまで仕事ばっかりじゃないぞ。俺が休ませてないみたいな言い方は止《や》めてくれ」

トーマ君はそう言うけど、確かにシュンさんがお休みしているところって、私も見たことがないような気が……。

もしかして、私やトーマ君以上に、シュンさんは頑張りすぎているのかもしれない。だったら尚《なお》更《さら》、今回の休暇はシュンさんにとっていいものになってほしい。

「何か特別なことでもあったのか？」

「まぁな。お前も気づいてるだろ？　シュンとシズクのこと」

「む、ああ、あのわかりやすい諜報員《ちょうほういん》の娘か。なるほど、花が咲いたのはお前たち二人だけではなかったということか」

詩的な言い回しをしながらエドワード殿下は笑う。どうやら殿下も二人の、というよりシズクの気持ちには気づいていていたらしい。

あれで気づかないほうがおかしいのだよ、とエドワード殿下は呆れていた。

そうして唐突に、彼は私に問いかける。

「あのサクラも、アメリアが作ったのか？」

「あ、はい。エルメトスさんのお引越しのために作ったんです」

「あの奇妙な魔法使いか。なるほど、だから普通のサクラとは違った感覚があるのか」

「あのサクラは枯れないんだよ。どんな季節の変化にも対応する。師匠の魔力が宿っているから、雨にも風にも負けない。いつも咲き誇り、綺麗《きれい》なままだ」

あのサクラがいつか、領地中いっぱいに広まってくれる光景を夢見ている。そんな話をトーマ君がエドワード殿下に聞かせた。

殿下は笑いながら、その時は殿下の国にも贈ってくれと言う。トーマ君はそれに、お前が国王になったら、お祝いの言葉と一緒に贈るのもありだなと言っていた。

私は二人の会話に頷《うなず》きながら、そんな未来の光景に思いをはせる。

あのサクラが領地だけじゃなくて、王国同士を繋《つな》ぐ何かになってくれたら、それはとても素敵なことだろう。

だからこそ、私たちはエドワード殿下のお願いに協力するんだ。

「もうすぐ到着するのだよ」

「今回は長い滞在になりそうだな」

「それはアメリア次第なのだよ。俺はそこまで長くなるとは思っていない」

「期待に応えられるように頑張ります」

「うむ、無理せずな」

馬車は国境を越えて、エドワード殿下の国、アルザード王国に再び訪れた。

殿下からのお願いは、とある街の人々を悩ませている問題を、私の錬金術で解決してほしいということだった。

その街はエドワード殿下が治めている街ではなく、王都に拠点を構える名のある貴族の領土だった。

問題の内容は、簡単に言うと病だ。ただし普通の病ではなく、原因がいくつも重なり合ったとても複雑な病が蔓延《まんえん》してしまっているらしい。

通常の治療法、薬では効果が薄く、錬金術師が作るポーションに頼る他ないというのが、エドワード殿下やその街の領主の判断だった。

「ポーションを作れる錬金術師はこの国にもいるのだよ」

「だったらなんでアメリアに頼るんだ？」

「言っただろう？　俺が国王になるための協力をしてほしいと」

私とトーマ君は首をかしげる。するとエドワード殿下は続きを語り始める。

「王国に属する錬金術師は、そのほとんどが兄上たちの支持者なのだよ。その力を借りることは、兄上たちの協力を得るということでもある」

「だからそうじゃない錬金術師を、アメリアを頼ったのか」

「そういうことなのだよ。繋がりも権力の一つではある。兄上の下にいる錬金術師も優秀ではあるが、俺の見立てでは全員合わせてもアメリアには届いていない」

「……そ、そんな差はないと思いますけど……」

アルザード王国の宮廷錬金術師がどれほどの技術を持っているか知らないけど、宮廷で働く人たちなら、きっと知識も実力も確かなはずだ。

そんな人たちと比べて私のほうが優れている、と言ってくれるなんてお世辞でも、エドワード殿下の評価は嬉しくて、とても恥ずかしい。

エドワード殿下の話によれば、今向かっている領地を治めている貴族も殿下の支持者ではなく、第一王子の支持者だった。

だけど完全に第一王子の支持者であったわけではなく、エドワード殿下とも少なからず交流を持っていたらしい。

次期国王を決めるのは、現国王と王を守護する貴族たちだった。国民の支持は参考でしかなく、最終的な判断は彼らが下す。

それ故に、貴族たちの支持がなくては国王に選ばれることはない。現在の状況では、その半数が第一王子を支持している。

第三王子であるエドワード殿下は、残念ながらもっとも支持されていない。しかし彼はそのことを悲観的には考えていない様子だった。

「何もしていなかったのだ。支持されないのは当然なのだよ。だからこうして動いている。支持者の中には、様々な面で不安や悩みを抱えている者も多い。ならばその不安を、俺が取り除いてやろうと思ってな」

「そうやって支持者を増やしているのか。でもその方法だと時間がかかるだろ？」

「うむ、一人一人と向き合う時間がいる。抱えている問題もそれぞれだ。故にすぐ解決して支持してくれるわけではないのだよ」

「いいのか？　そんなのんびりで」

「構わないのだよ。現国王、俺の父上はまだまだ現役だ。すぐに王位を継承することはない。少なくとも何か大きな変化でも起きない限りはな。父上も見定めている最中なのだよ」

誰が次期国王に相応《ふさわ》しいのか。自分の跡を継ぎ、王国をより大きく、より強くしてくれる者を国王としたい。

エドワード殿下の御《お》父上《ちちうえ》は、彼を含む息子たちにそう伝えているらしい。

「だから今は積み立てなのだよ。これまでサボっていた分、休みはないがな」

「無理しすぎるなよ」

「お前には言われたくないな、トーマ」

「……はっ、お互い様だ」

ここには無茶をする大バカ者しかいないと、殿下は自分を含めて笑いながら言った。

◇◇◇

目的地に到着したのは、私たちが屋敷を出発してから二日ほど経《た》った夕暮れ時だった。

アルザード王国の北側。少し寒さが目立つ土地で流行《はや》っていたのは、肺炎と呼ばれている病気の亜型だった。

肺炎は文字通り、空気を取り込むための肺が炎症を起こしてしまう。呼吸が苦しくなったり、高熱にうなされたり、とても大変な病気の一つ。

特にご高齢の方にとっては命に関わる重篤な症状を引き起こしてしまう。

その街で蔓延していた肺炎の原因は、調査したところ近隣の山から降っている灰にあった。

三日に一度くらいの頻度で雪が降るような地域で、数か月前に火山の噴火が起こっていた。火山のある場所は街からも遠く、直接的な被害はなかったようだ。

それ故に、何の問題もなく人々は生活を続けていた。しかし火山の噴火によって、その灰が雪と交じり合い、街に降り積もった。

街には水路があり、山から流れてくる水はとても綺麗で、そのまま口にしても問題ないほど美味《おい》しかったという。

しかし雪と交じり合った灰の成分がその水に入ってしまった。灰の中にはどうやら、近くに生息していた魔物の一部が混じっている。

火山の大噴火に巻き込まれて死んでしまった魔物たちの肉、細胞が溶け合い、灰となって街中に降り積もってしまった。

魔物が人間にとって猛毒ではあることは、今さら説明する必要もないだろう。

その灰に含まれた成分は空気から肺に入り、さらには溶け合った水を誤嚥《ごえん》することで肺に蓄積され、肺炎を引き起こしてしまった。

「だから普通の薬や治療法じゃ無理だったのか」

「うん、魔物の影響だね」

調べていく中でそれを知り、新しい治療薬としてポーションを作った。灰に含まれている成分をより細かく調査するために、トーマ君たちにお願いして山に登って調べた。

そうして魔物の種類や地形の特徴などを分析して、身体《からだ》に蓄積された毒素を中和するポーションを開発する。

ポーションのいいところは即効性があることと、全身にその効果が浸透することだ。肺は当然ながら空気が送り込まれるところで、直接ポーションを流せば大変なことになる。

お薬だって同じだ。本来は炎症を抑えたり、ばい菌を抑制したりする効果で間接的に治す。ポーションは原因を直接改善できるから、その原因と対処法さえわかってしまえば……。

「こうもあっさり解決してしまうとはな」

「うちの錬金術師は凄いだろ？」

「なぜお前が得意げなのだよ」

「ご期待には応えられましたか？」

「ふっ、何を今さら。期待以上なのだよ」

エドワード殿下のお願いは、街に到着してから八日間かけて解決した。厳密にはまだ苦しんでいる人々はいる。

ただ、病が完治する目途が立ったことで、人々の不安はいくらか軽減できただろう。

「相変わらず素晴らしい腕なのだよ。トーマのところで働くより、今ならこの国で、俺の専属として働くことを許可するのだよ」

「おい、勝手に勧誘するな。あと許可ってなんだ」

「待遇は約束されるのだよ。少なくとも辺境で暮らすよりも裕福になるだろうな」

「こいつ……金と立場に物言わせて……」

「あははは」

悔しそうなトーマ君と、意地悪な顔をするエドワード殿下のやり取りを見て、思わず笑ってしまった。エドワード殿下は質問の答えを求めない。

二人とも理解しているんだ。私がどう答えるかを。

どれほど好待遇であろうと、お金や権力には振り向かない。私がいたいと思える場所は、後にも先にも一つだけ。

大好きなトーマ君がいるあの場所こそが、私が人生を捧《ささ》げたいと思える場所だから。

「改めて感謝するのだよ。これでこの地の人々の信頼は獲得した。領主も俺を支持するようになった。また一歩、夢に近づいたのだよ」

「お役に立てたなら光栄です」

「ちゃんと国王になってくれよ。じゃないと意味がないからな」

「無論なのだよ。俺がこれまで、やると宣言して諦めたことがあったか？」

思い当たらないな、とトーマ君は笑いながら答えた。

エドワード殿下は次期国王になることを私たちの前で宣言してくれた。それは誓いであり、彼にとっては決定事項のような決意だった。

もしも他の誰かが王になれば、私たちが暮らす土地は戦場になってしまうかもしれない。そんな未来は許さない。

そう思ってくれる彼だからこそ、私たちは協力するし、きっと素敵な王様になってくれると信じている。

その日は他愛のない会話をしながら盛り上がった。

いつか来る素敵な未来を信じて……疑わなかった。誰一人として、悲劇なんて想像もしていなかっただろう。

◇◇◇

アルザード王国の王都、その中心にそびえたつ大きな城。

当たり前だが、王城には王族が暮らしている。よく留守にすることが多いエドワード第三王子とは違い、第一王子アルカリア、第二王子クロードは王城を中心に活動していた。

「兄上、聞いたか？」

「何をだ？」

「エドワードのことだよ。あいつ、王位には興味なさげだったのに、最近は熱心に動いてるみたいだ」

「そうらしい。野心が芽生えたか、それとも何らかの変化でもあったのかは知らないが……王族としては正しい変化だ」

二人は同じ部屋で語らう。アルカリア王子はテーブルの前に座り、仕事に集中している。クロード王子はソファーに座りくつろいでいた。

二人は王位を争う敵同士……と、世間では対立を噂《うわさ》されている。だが実際は、クロード王子に王位につく意思は薄かった。

第一王子アルカリア、彼のカリスマ性を知っているからこそ、彼を支持することに切り替えたのは、つい最近のことである。

「でも意外だぜ。あいつも俺と同じ……兄上のことを支持すると思っていたんだけどな」

「お前も最初は反発していただろう?」

「現実が見えてなかっただけさ。支持の厚さで、俺はどう足掻《あが》いたって兄上には勝てない。兄上のほうが王に相応しい。あいつも……そう思ってたはずなんだがな」

「何かあったのだろう。最近よく、あの辺鄙《へんぴ》な土地を訪れていると聞く」

「ああ、あのおかしな環境の土地か」

エドワードの動向は、二人の王子にも伝わっていた。同じ王子であり、兄弟だ。心配する気持ちも多少はある。

彼らはエドワードの部下たちから情報を得ている。故に、知り始めている。

「そういや、その土地に面白い奴《やつ》が増えたらしいぜ」

「……錬金術師か」

「あ、やっぱり兄上も知ってたのか」

「奇妙な噂だと思っていた。だがどうやら違ったらしい」

隣国の辺境に、稀代《きたい》の天才錬金術師がいる。

エドワードが治める街から始まった噂は、巡り巡って王都にいる二人の王子の耳にも届いていた。

大きく確かな成果は素晴らしい。と同時に、そういう成功の話はすぐに広まる。

「確か名前は……」

「アメリアとかいう女だな。あのおかしな環境を整えてるんだぜ？　何百年も放置されて、普通に暮らすなんて夢みたいな場所を作り替えてるんだ」

「魔法ではなく錬金術……私もあまり詳しくはないが、それがどれほどの偉業なのかは理解できるつもりだ」

「なぁ兄上、一つ思うんだが」

「言わずともわかる。おそらくは、私たちは同じことを考えている」

アルカリア王子とクロード王子、この二人の性格は正反対といってもいい。冷静で物静かなアルカリア王子に対して、クロード王子は豪快で好戦的な性格だった。

兄弟とは思えないほどに性格に違いがある両者だが、ある一点においては同じだった。

完璧主義者である。

王子として、国を導く者としての責任と、絶対に曲げてはならぬ信念がある。たとえ何があろうとも、何を犠牲にしようとも、最優先すべきは王国の発展である。

この思想は彼らに共通し、しかしエドワード王子にはない極端すぎる考え方だった。

もしもこの一点の共通がなければ、二人が協力することなどなかったかもしれない。たとえ勝ち目がなくとも、次期国王になるため足掻いただろう。

そう、今のエドワード王子と同じように。

「あの土地には歴史がある。変えようのない歴史が……それを覆すほどの逸材は、私たちが求める国の発展に役立つだろう」

「だよな。でもなぁ、今のままじゃどうも動けない。強引な方法を父上は嫌う。父上だけじゃない。これまでの王は皆、決断力が弱すぎる」

「……心配ない」

「ん？」

「すぐに歴史は動き出す。その時この国は、世界を動かすのは私たちだ」

何かを決意するように、アルカリア王子は笑みを浮かべる。


この二週間後、アルザード王国国王はアルカリア第一王子となった。

アルカリア国王は隣国に宣戦布告した。

◇◇◇

「どういうことなんだ！　なぜ突然アルザードは戦争を仕掛けてくる？」

「そもそもなぜこのタイミングで王位が継承される？　前国王に何があったのだ？」

「わかりません。どうやら病に倒れられたと……」

宣戦布告を受け、王都には混乱が広まっていた。

国王や大臣たちも予想していなかった突然の宣言に困惑し、対処に動き始めている。戦争が起こるという話は瞬く間に広まり、民衆の不安を煽《あお》る。

「すぐに会談を開くべきだ！　他国にも！　アルザード王国の蛮行を許してはならん！」

「並行して兵力の拡大も進めるべきです」

アルザード王国は宣戦布告後、国境沿いに向けて軍を動かしているという情報を彼らは得ていた。

もはや戦いを避けることは難しいというのが彼らの見解だ。

このままでは訳もわからぬままに戦争は始まってしまう。王都、王城内では疑問の声が多数あがっていたが、状況は悪化するばかりだ。

「お姉様……」

宮廷で働くリベラにも、周囲の不安の声は届いている。しかし彼女がもっとも心配しているのは、戦争そのものではなく戦地である。

なぜなら戦争が始まれば、最初に戦火に包まれるのは……。

◇◇◇

「どうなってるんだよ……」

しばらく続いた沈黙を破り、休暇から急いで帰還したシュンさんが呟《つぶや》いた。きっとこの場にいる全員が同じ気持ちだろう。

本当に突然だった。何の前触れもなく、アルザード王国は私たちが暮らす国に宣戦布告をした。

戦争を仕掛けると、ハッキリ宣言したのだった。アルザード王国との国境、そこにもっとも近い土地は私たちがいる領地だ。

つまり、戦争が始まれば、ここが最初に戦場になってしまう。三百年前と同じように。

「──落ち込んでる場合じゃないな」

「トーマ」

「みんなの気持ちはわかるし俺も同じだ。けど今の俺たちがやるべきことは悩んで立ち止まることなんかじゃない。まずは領民の安全を最優先に考えよう」

「トーマ君……」

彼は唇を噛《か》みしめながら私たちにそう言った。一番不安で、一番悔しいのはトーマ君だ。それでも領主としてすべき決断をする。

彼は優しくて、とても強い人だから。

「戦争が起こる前に領民を避難させよう。馬車の手配を早急に進めるぞ」

「ああ、それは俺のほうでやっておく。シズクに頼んで、王都でしばらく滞在できる手配をしてもらおう」

「ああ、悪いなシュン。せっかくの休暇だったのに」

「十分だよ。むしろ長くとりすぎたって俺もシズクも思ってる」

あの日、二人は想《おも》いを通じ合わせた。長く続いた片想いも、沈黙も終わって、二人は恋人になった。

大仕事を終えたシズクも長めのお休みが貰《もら》えたらしくて、それに合わせてシュンさんもお休みをとり、二人での時間を過ごしていたのに。

シズクは今、王都へ走り情報を集めに行ってくれている。シズクは独自の移動手段を持っているみたいで、普通に行き来するよりも速い。

予《あらかじ》め聞いている日数を考えても、おそらく明後日《あさって》には帰還するだろう。

「シズクが戻るまでに、移動できる準備だけは済ませておこう」

「ああ」

「……うん」

こういう時、自分の無力さを痛感する。

二日後の朝、シズクが領地に帰還した。

それに合わせてシュンさんが手配していた馬車も到着し、屋敷の敷地内に待機させている。

「お待たせ、今戻った」

「お帰りシズク、すまなかったな。一人で行かせて」

「ううん、これが私の仕事だから」

シュンさんとシズクが二人で話している。以前までシュンさんと話すとオドオドしていたシズクはどこかへ消えてしまったらしい。

二人の心の距離が近づいた証拠だ。見ていて嬉しく思うけど、そんな余韻に浸っていられる場合でもなかった。

トーマ君がシズクに言う。

「シズク」

「わかってる。王都でもあまり情報はなかった。上の人たちも突然のことで混乱してる。ただ明確なのは、アルザードの国王が代わったことと、その国王が戦争を支持していること」

「元第一王子アルカリア殿下か……」

「そう。彼は元々、この国との関係性に疑問を抱いていた。もしも彼が国王になれば、長年続いた国同士の対立に決着をつける。そのために戦争を起こすと囁《ささや》かれていた」

「それが現実になったと？」

トーマ君の質問に、シズクは小さく頷いて肯定する。

その話は以前にエドワード殿下からも聞いている。いずれ起こるかもしれない戦争を回避するために、彼は自分が王になると言っていた。

けれどまだ先の話で、ゆっくりと時間をかけて支持を集めていく。そういう話をしたのも、つい先日のことのように覚えている。

彼からのお願いを解決して以降、私たちはエドワード殿下と会っていない。

「何やってるんだ……あいつ」

「エドワード殿下については情報がなかった。ただ、第二王子クロード殿下は、アルカリア現国王と共に戦争を支持している」

「エドワードが戦争に賛成するわけがない。あいつはきっと反対したんだ」

トーマ君は唇を噛みしめる。戦争のこともそうだけど、エドワード殿下が今頃どうしているのかも気がかりだった。

不安に思うことばかりで、何か一つでもハッキリした答えがほしい。そう思っていた時、一頭の馬が私たちの屋敷にやってきた。

その馬に乗って現れたのは、いつもエドワード殿下と共にいた執事のミゲルさんだった。

ミゲルさんを屋敷内に招くと、彼は神妙な面持ちで謝罪する。

「申し訳ございません」

「ミゲルさん」

「これは私個人の謝罪ではなく、我が主であるエドワード殿下のお言葉でもあります」

「あいつに何かあったんですね」

「……はい」

ミゲルさんは頭を上げて語る。それはちょうど王が代わり、新国王アルカリア様が宣戦布告した時のことだったという。

◆◆◆

「何を考えているのですか？　兄上！」

「エドワード、私はもう国王だ。気軽に部屋に入ってきてはいけない」

「質問に答えてください！」

「どれだ？　何を聞きたい？」

「全てです！」

ある日突然、前国王が倒れたことに発端する。

彼らの父である前国王は五十歳を越え、高齢ではあったが元気だった。病気やけがなどもなく、あと十年は国王を続けられるだろうと自らが口にしていた。

だが、それは嘘《うそ》だった。

前国王は不治の病に侵されていることを、我が子である彼らにも隠していたのだ。

「……兄上は知っていたのですか？」

「偶然ではあるがね。父上にいずれ限界が来ることはわかっていた」

「だから……それに合わせて準備をしていたと？」

王位継承から宣戦布告までの流れは、あまりにも整いすぎていた。突然の悲劇に周囲が困惑する中、二人の王子だけは冷静だった。

まるで、こうなることを予測していたように。

「それだけが理由ですか？」

ただ、この用意周到さにエドワード殿下はわずかな疑問を抱く。

「あまりに準備が整いすぎる。というより、わざわざ王位を継いですぐ、こんなタイミングで仕掛ける理由がわからない」

「虚を突くのは当然だよ」

「それはこっちも同じです。予期していたのは兄上たちだけだ。国民も、兵士たちも混乱している。このまま無理に戦争を始めれば」

「――心配ない。戦争はすぐに終わる」

国王となったアルカリアは断言する。その言葉に、余裕の視線にエドワード殿下は戦慄する。

彼は誰よりも知っている。兄が不可能なことを口にしたことは、これまで一度もない。完璧主義者のアルカリアは、必ずできることしか口にしない。

つまり……。

「それだけの備えもあるということですか？」

「そうだ。だがそれだけじゃないのは確かだよ。エドワード、お前にも感謝している」

「何を言って」

「お前はいい人材を発掘してくれた」

この時、エドワードの脳裏には、とある辺境の錬金術師の横顔が浮かんでいた。それを見透かしたようにアルカリアは言う。

「これまであまり錬金術師には興味がなかった。所詮は物を作るだけの力だと思っていたからね。けれど違ったらしい。少なくとも、お前が見つけてきたのは原石だ」

「彼女を……アメリアを手に入れようとしているんですか？　だから戦争を仕掛けて、無理矢理奪う気だと？」

「仮定だよ。そういう仮定も考えているというだけさ」

「……させませんよ」

エドワードは拳を握りしめて、鋭い視線でアルカリアを睨む。

「お前ならそう言うだろうと思っていた。だから残念だよ。できればお前にも賛同してほしかった。

弟に嫌われるというのは……やはり悲しいからね」

「嫌っているわけじゃない。ただ……合わないだけなのだよ」

「そうだ。合わない……それこそが決定的だった」

こうして、これまで小さな亀裂でしかなかった兄弟の対立は、明確な敵意を持つようになった。

◆◆◆

「新しい王様が……私を？」

ミゲルさんから聞いた話に、私は動揺を隠せなかった。現国王が私のことを狙っている。ならばこの戦争の原因は……。

「それは違います、アメリア様、あなたのせいではございません」

私の不安を見透かすようにミゲルさんは否定する。

「アルカリア様は以前から戦争をするための準備を進めておりました。全てを見せられたわけではありませんが、あれは思い付きで作れるものではありません。おそらくずっと前……数年かけて準備していたはずです。そこにちょうどあなたの噂を聞いたのでしょう」

「でも……」

私が目をつけられたせいで、戦争が早まった可能性はゼロじゃない。勝手にそう思って落ち込んでしまう。そんな私の肩をトーマ君が叩《たた》く。

「大丈夫だ。お前のせいじゃない。誰もそんなこと思ってない」

「トーマ君……」

「いいか？　もしアメリアがここにいてもいなくても、戦争になればここは戦地になる。悔しいけど結果は変わらない。ここはそういう場所なんだ」

「……」

私の肩に触れるトーマ君の手が、わずかに震えていた。悔しさだけじゃないはずだ。きっといろんな感情がこみ上げてきている。

トーマ君は私が不安にならないように、無理をして笑顔を見せた。

「それで、あいつはどうしてるんです？」

「わかりません。おそらくは、アルカリア様の命令で幽閉されてしまったのだと」

「幽閉？　王子のあいつが？」

「放置すれば邪魔をすると判断されたのでしょう。殿下はこうなることをギリギリで予見し、私だけ独自に行動する許可を頂きました」

エドワード殿下から許可を貰ったミゲルさんは、王城や王都で情報を集めた後、気づかれないように王都を出発した。

そうして私たちに、手に入れた情報を共有してくれている。

「残念ながら戦争を回避することは難しいでしょう。どうかお逃げください。アメリア様のこともあります。できるだけお早く――」

その時、岩が砕けるような大きな音が屋敷に響いた。屋敷の中ではなく外からの音だ。みんなが窓のほうを見ると、森のほうで煙があがっている。

「まさか――」

「話はそこまでだよ、みんなすぐに準備をするんだ」

「師匠！」

「遅くなってすまないね。街の建物を保護するための魔法を施して回っていたんだ。けどそんな場合じゃなくなった。森のほうにアルザードの軍が来ているよ」

遠目からでも木々がなぎ倒されていくのがわかる。ミゲルさんは窓に近づき凝視して、額から汗を流す。

「そんな、予定ではまだ開戦では……まさか、私がここに知らせに来ることも予期して、偽りの情報を流していたのか？」

「考えてる場合じゃないな。トーマ」

「ああ、住民の安全を最優先に考えよう！　師匠には領民の誘導をお願いできますか？」

「任されたよ。本当なら私が対処したいところだけど、今の私はこの屋敷から離れると極端に魔法の力が弱まってしまう。情けない師匠ですまないね」

そんなことないとトーマ君は首を横に振る。

「師匠の力で、領地の人たちを安全に送り出してください。シズクはみんなが進む道の安全を先に確保してほしい。それまでの時間は、俺とシュンで稼ぎます」

「二人だけで行かせるかよ！　あたしもやるぜ！」

イルちゃんが声をあげる。彼女にも強力な、戦うための術《すべ》があることは知っている。この小さな領地で、彼女は貴重な戦力の一人だ。

それでも、ここでトーマ君がどう答えるかはわかっている。

「ダメだ。イルは師匠の手伝いをしてくれ」

「でも！　二人なんて危険だぞ！」

「こんな状況じゃどこだって危険だよ。大丈夫、俺たちが強いことはよく知ってるだろ？」

「……主様……」

「心配してくれてありがとな」

トーマ君はイルちゃんの頭を優しく撫《な》でてあげた。いくら力を持っていても、強くても、彼女はまだ子供なのだ。

子供にまで血なまぐさい戦場を経験させたくはない。トーマ君だけじゃなくて、この場にいるみんながそう思っている。

だからこそ――

「私はトーマ君たちを手伝う」

「アメリア！　君が一番ダメだ」

「ううん、私もやれることはあるから。トーマ君たちみたいに戦うことはできないけど、少しでも進行を妨害することはできるから」

「わかってるのか？　相手の狙いの中には君もいるんだぞ？」

私は小さく頷く。

ミゲルさんの話を聞いたばかりだ。私のことをアルカリア国王は狙っている。それを知っているからこそ、私はみんなと一緒にはいられない。

それに、いくら二人が強くても、大勢の人たちをたった二人で食い止めることは容易じゃない。もし相手に魔法使いがいれば、こちら側は有利ではなくなってしまう。

「悩んでる暇はないよ」

「っ……わかった。けど無茶はしないでくれ。危なくなったら一人でも逃げるんだ」

「うん」

トーマ君は納得してくれたわけじゃない。それでも、足踏みをしていられる状況じゃなかった。

さっきから少しずつ、街に軍隊が迫ってくる音がしている。

領民の人たちの不安そうな声も、屋敷の中まで届きそうだった。

「行くぞみんな！　誰も欠けずに生き延びて王都を目指す！　大事なのは土地じゃない。そこ住む人たちだ」

それぞれの決意を胸に、私たちは望まぬ戦火の中に飛び込む。

エルメトスさんが領民たちを誘導する。集まった人たちを馬車に乗せて、イルちゃんが先導して領地の外へと逃げる。

その間の時間をトーマ君とシュンさん、そして後方から私が支援して稼ぐ。私には戦う力はないけれど、邪魔ならできるんだ。

「――ん？　なんだこれ？　いきなり霧が濃く」

「――！　吸い込むな！　これはただの霧じゃないぞ！」

森は一瞬にして濃い霧に包まれた。それが自然現象ではないことに気づいた様子だけど、すでに空気中に漂う粒子は肺へと入っている。

「なんだ……身体に力が……」

「催涙効果？　情報にあった魔法使いの仕業か」

「――いいや、頼りになる錬金術師のアイデアだよ」

迫る軍勢の前にトーマ君が姿を見せる。直後にトーマ君は魔法を発動した。

「【アイシクルフィールド】！」

彼の足元に展開された魔法陣、氷が波のように迫り、空気中には冷気が漂う。進行するアルザードの軍勢の足元に絡みつき、動きを止める。

「くっ、魔法使い！　この氷を溶かして前進しろ！」

「やはりあちらも魔法使いがいるか……シュン！」

「わかってる！」

相手の魔法使いが炎の渦で攻撃を仕掛けてくる。それとほぼ同じタイミング、同じ大きさの炎をシュンさんがぶつけて相殺した。

「森の中で炎を使うなよ。引火したらどうするんだ！」

「お互い様、って今は冗談言える状況じゃないな。次が来るぞ、トーマ！」

二人が前線で戦う中、私は離れた個所《かしょ》から霧を生成して流す。吸い込むことで身体能力を一定量下げるポーションを霧状に変化させ、エドワード殿下と造った配管を使って森のほうへ流す。気流を生み出し、トーマ君とシュンさんにはかからないように注意しながら。

戦えない私にできることはこれくらいだ。けれど少しは相手の脚を鈍らせることができている。

二人が怪我《けが》をしてしまった時のために、ポーションも用意した。あとはこのまま維持して、エルメトスさんが誘導を終えるまで待つ。

「耐えろよシュン！　師匠が来るまで」

「おう！」

領民の誘導さえ完了すれば、このまま後退してエルメトスさんと合流することができる。街の主要な建物は、エルメトスさんの魔法で守られている。

基本的には私たちの問題に介入しないエルメトスさんも、今は全力で手を貸してくれることを約束してくれた。

あの人が本気で魔法を使えば、千を超える軍勢だって退けることができる。トーマ君はまるで自分のことのように、得意げに語っていた。

みんながそれを信じている。私も……だから少しでも時間を稼ぐんだ。

その時、気流の流れに不可解な変化を感じた。それはまるで、見えない何かがうごめいているような……。

「――アメリア！　後ろだ！」

「え？」

透明なそれは姿を見せる。全身をマントで覆っていた男が、私の両腕を掴《つか》んで引き寄せる。

「痛っ――」

「アメリア！」

トーマ君たちが戦っている隙に、目に見えない透明のマントを使って私に接近していた男がいた。

それにいち早く気づいたのはトーマ君だったけど、私との距離が離れすぎていた。接近され、拘束されたら私には何もできない。

私は所詮ただの錬金術師だから……もし私がシズクみたいに強かったら、華麗に避《よ》けることができたかもしれないけど。

「悪いがお前には一緒に来てもらう。抵抗はやめておけ」

「っ、離して！」

「暴れるな女！」

「っ……」

怒声が響き、本気の怒りを浴びせられて私は萎縮する。男の人の身体は大きくて。力も強く暴れても意味はなかった。

そんな私を助けようと、トーマ君がこちらを向く。

「アメリアを離せ！」

「トーマ！」

それがいけなかった。トーマ君が背を向けてしまった方向には、未《いま》だアルザード王国の軍勢が迫ってきている。

私の霧と、シュンさんとの協力があって何とか抑えていた彼らが自由になる。それに気づかず……ううん、私のことが心配で、目を離した。

シュンさんの声が届いた時、トーマ君の脇腹を刃《やいば》が貫く。

「くっ……」

「トーマ君！」

「アメ……リア」

トーマ君が手を伸ばす。私はその手を摑もうと必死に伸ばした。けれど私の意識が沈んでいく。

最後にこの眼《め》が見たのは、血を流して倒れるトーマ君と、それを必死で守ろうとするシュンさんの姿だった。

第四章

奇跡の代償

Chapter Four

身体《からだ》が軽くてふわふわする。まるで翼でも授かったように。

私は一体何者なのだろうか。ふと、そんな疑問が頭の中に浮かんでいた。その答えについては考えられないけど、代わりに視界が開けていく。

真っ白だ。

とにかく白くて、何もない世界が広がっている。自分の存在すらあやふやで、自分以外の存在を何も感じられない。それでもなぜか、孤独や寂しさは感じない。

「ここは……」

私はどうしてこんな場所にいるのだろうか。

なんでこの光景を懐かしいとか思うのだろうか。自分がここにたどり着くまでに進んだ道のりを、思い出したくてもできない。

私は誰で、何ができて、何を成してここに来たのか。

そんなことを考えている私の前に、一人の女の子が姿を見せる。今まで誰もいなかった。ずっと見ていた場所にぽつりと、女の子は立っていた。

女の子も、真っ白だ。

髪の色も、肌の色も白くてとても綺麗《きれい》だった。背丈は私よりも少し低くて、着ている服も白く薄めのドレスだ。

瞳には影がかかっていてよく見えない。

私は一言、あなたは誰ですか、と問いかけてみる。けれど返事はなくて、じっとこちらを見ているのか、それとも立っているだけなのか。

どこかで会ったことがあるだろうか。ずっと前に、それともずっと一緒にいた？

自分でも理解できない感情が、思いが頭の中でいくつも浮かんでは消えて、結局この女の子が誰なのかわからない。

——また会いましょう。

ふいに、女の子の声が聞こえた気がした。

◇◇◇

ポツリ、と、冷たい雫《しずく》が頬に落ちて流れる。

その感覚が目覚まし代わりになって、深い眠りから私は目覚めた。ゆっくりと瞼《まぶた》を開けると、そこは暗くてジメジメして、まるで牢屋《ろうや》の中みたいだった。

「ここは……」

おかしいな。なんだか不思議な夢を見ていたはずなのに、その内容をまったく思い出せない。

「ううん、そんなことよりも」

私は首を横に振り、周りを見渡して自分がいる場所を再確認する。石畳と分厚そうな壁、そして金属の柵で閉ざされている。

まるで、なんて表現は間違っていた。ここは間違いなく牢屋の中だ。どうしてこんな場所にいるのかを思い出す。

「そうだ。私は捕まって……！」

脳裏に浮かんだのは、目を閉じる直前に見ていた光景だった。必死で戦うシュンさんと、刺されながら私に手を伸ばすトーマ君の姿。

思い出しただけで涙が溢《あふ》れてきて、とても不安な気持ちになる。

「トーマ君……」

彼は無事なのだろうか。脇腹から流れていく血の色を覚えている。とても痛そうで、苦しそうで、けれど彼はそんなことを気にせず、私を助けようとしていた。

シュンさんがトーマ君を守ってくれただろうか。エルメトスさんが間に合えば、領地に押し寄せた軍勢を押し返すことだって可能なはずだ。

傷を負った時のためにポーションを用意してあったはずだ。傷の深さにもよるけど、残してきたポーションを使ってくれればきっと大丈夫だ。

「大丈夫……大丈夫……」

自分で自分に言い聞かせている。そうでもしないと不安で、怖くて、心が壊れてしまいそうだったから。

今の私は信じることしかできない。ここは暗くてあまり見えないから、外の状況がどうなっているかも不明だ。自分がいる牢屋の周りすら不鮮明である。

「なんとかして出ないと……」

ジャランと、両手両足が鎖で繋《つな》がれてしまっていた。多少の自由はあるけれど、私の周りには何もなくて、錬金術に使えそうな道具もなかった。

手持ちのポーション類はどうやら没収されてしまっている。そこはいいんだ。あれくらいなら作ればいい。

問題はどうやってこの牢屋から脱出するか。私の予想が正しければ、ここはアルザード王国の中だろう。

私を連れ去ったのはアルザード王国の刺客だった。ミゲルさんから聞いた情報通りなら、現国王の命令で私を拉致したのだろう。

アルザード王国のどこかにもよるけど、移動だけでも数日時間がかかってしまう距離なのは間違いない。

つまり私は、数日間も眠らされていたということだ。なるほど、だからとてもお腹《なか》が空《す》いているのか。けれど空腹に文句を言っていられる場合じゃない。

私は一刻も早く領地に帰る。みんなに安心してもらえるように……そして、私が安心できるようにしなくちゃ。

「鎖……ただの金属、壁も鉱物……」

この方法しかない。錬金術で鎖と壁を分解、破壊して脱出する。運よく壁の反対側が外だったらそのまま逃げられる。

錬成陣を描く道具はないけれど、ちょうど着けられている手錠を地面にこすりつければ、雑だけど錬成陣は描ける。

ただ物質を分解して破壊するだけなら、凝った錬成陣を描く必要はない。できるだけ早く、簡素にまとめよう。

今のところ他人の気配はしないけど、周りに誰がいるかもわからない。

「急げ、急げ……」

手錠を使って地面に錬成陣を描き、その上に繋がっている鎖を載せる。あとは錬金術を発動させれば、鎖は一瞬にして砕けて消える。

「よし！」

これで手足が自由になった。手錠と足かせそのものはつけたままだから重いけど、鎖は外れて歩けるようになった。私は立ち上がり、すぐにふらついて柵にぶつかる。

「っ……何日も寝てたからかな……」

身体がずっしりと重たくて、両脚にも力が上手《うま》く入らない。生まれたての小鹿みたいにがくがく震えている。私は柵を握り、なんとか立ったまま壁に錬成陣を描こうとする。

「――まったく、何をしているのだよ」

「え？」

牢屋の中に男の人の声が響く。気づかぬうちに、それとも今の音に気づかれて誰かがこっちに来ているのだろうか。

鎖が砕かれているところを見られたらおしまいだ。けれど隠れる場所も、隠す場所もないからどうしようもなくて……。

でも、今の声は聞いたことがあるような……。

「無鉄砲な奴《やつ》なのだよ」

「エドワード……殿下？」

そこに立っていたのは、私がよく知るこの国の王子様だった。

「思ったより元気そうで安心したのだよ」

「……ぅ、殿下……私……」

彼の徳気な表情はいつも通りで、そんな顔を見てしまった私は涙がこみ上げてくる。

「悪いが泣いている暇はないのだよ。すぐにここを出る」

ガシャリと、エドワード殿下は持っていた鍵で柵を開けてくれた。その鍵は手錠や足かせの鍵でもあって、邪魔な金属を外してくれた。

おかげで少し身体が楽になる。見た目以上に金属は重く、動きを制限する。

「動けるか？」

「はい。でもどうして殿下がここに？　ミゲルさんから幽閉されているって」

「俺を縛れるものなど存在しないのだよ。たとえ王であっても、兄であってもな」

「まさか……自力で逃げたんですか？」

私が驚きながらそう尋ねると、それは少し違うのだよ、と恥ずかしそうに答えた。

「レイナなのだよ」

「レイナ姫？」

「あいつは俺だけじゃなく、兄上たちのことも慕っている。故に今も兄上たちと共にいる」

「それって……」

レイナ姫は今回の件に肯定的で、私たちの敵になってしまったということ？

「早とちりするな。レイナは中立なのだよ。誰かに肩入れすることはない。少なくともこれまでは
……今回の件はやりすぎだとレイナも思っている。だから兄上たちの味方のフリをして、俺のこと

を逃がしてくれたのだよ」

「そう……だったんですね」

よかった。心の底からホッとして、安堵《あんど》の声が漏れる。私が自分の気持ちに気づくきっかけをくれた人だから。いつか必ずお礼を言いたかった。

彼女が味方でいてくれて嬉《うれ》しい。エドワード殿下は私の腕を摑《つか》み、少し強引に引っ張りながら歩き始める。

「それ以上の説明は移動しながら聞くのだよ。さっきも言ったがあまり時間がない」

「ど、どういう状況なんですか？　外は？　戦争は？」

「今も変わらず継続中なのだよ。お前が捕えられたと聞いたのは三日前のことだ。今も国境付近で戦っている」

「……トーマ君たちは？」

数秒の無言。エドワード殿下はこちらを振り向かずに答える。

「悪いが情報はないのだよ」

「……」

「心配するな。あいつらが簡単に終わるとは思っていない。必ず生きている。生きていなければ……俺が許さないのだよ」

それは決意にも似た怒りのように見えた。チラッと見えたエドワード殿下の横顔は、不安を自ら律するように力強い。

エドワード殿下も信じているんだ。トーマ君たちなら大丈夫だと。

「殿下、どこへ向かっているんですか？　トーマ君たちのところですか？」

「本来ならそうしたい。お前だけでも逃がしたいが、そうも言っていられない状況なのだよ。俺は今すぐに、兄上を止めなければならない」

殿下の表情や口調から、今まで見たことがないほどの焦りを感じる。

「お兄さんは、現国王は何をするつもりなんですか？」

「ん？　ミゲルから聞いていないのか？　兄上はお前を拉致したことで目的を達している。戦争は次の段階に移行したのだよ」

「え？　次の……？」

「魔導兵器なのだよ。兄上は俺も気づかない間に、一国の都を一撃で破壊できる兵器を開発していたんだ」

私は驚愕《きょうがく》する。魔導兵器、文字通り魔法の力を行使するための兵器である。どの国でも軍事力や国防能力強化のために様々な兵器開発に取り組んでいる。

私もあまり詳しいわけじゃないけれど、都市を破壊できるほどの魔導兵器なんて聞いたことがない。そんなものを開発できるだけの知識、技術、時間が揃《そろ》っていたということだ。

思えばミゲルさんもひどく焦っていた。早く逃げてほしいというのは、国の外へ逃げてほしいという意味だったのだろう。

その理由を伝える前に予想外の襲撃が起こり、私に伝えられる前にうやむやになってしまった。

「兄上はずっと前からこうすることを計画していた。お前だけじゃない。王国から有能な人材を拉致している。ちょうどお前で最後だったのだよ」

「最後って……まさかもう」

「あとは撃ちぬくだけなのだよ。魔導兵器は巨大だ。動かすだけでも準備に時間がかかる。今はその段階……まだギリギリだが間に合う。魔導兵器を破壊できれば……」

「わ、私の錬金術なら破壊もできます」

牢屋で鎖を砕いた時と同じように、魔導兵器の構造はわからなくても、使われている素材さえわかれば破壊は容易だ。

それを聞いたエドワード殿下は笑みを見せる。

「お前を連れていくのが正解のようなのだよ。悪いが任せる。それまでお前は、俺が守るのだよ。あいつの代わりにな」

「……ありがとうございます」

私も殿下も、トーマ君のことは心配だ。心配だからこそ、不安だからこそ、みんなと無事に再会できるように私たちは駆ける。

牢屋は王城の地下にあった。地上へ出て廊下を進み、殿下の誘導で人目から逃げるように進んでいく。戦争中で慌ただしく、私たちは気づかれない。

ただ、容易に近づけるほど簡単ではなかった。

「よう、エドワード。やっぱり逃げ出してやがったか」

「……クロード兄さん」

アルザード王国の第二王子、クロード・アルディオン殿下が私たちの前に立ちふさがる。腰には剣を携え、すでに一触即発の雰囲気だった。

「奴隷まで解放しちまったか」

「彼女は奴隷ではありませんよ？　兄さん」

「そうかい。で？　ここからどうするつもりだ？」

「……わかっているでしょう？」

エドワード殿下が先に剣を抜く。それを見たクロード殿下はニヤリと笑みを浮かべ、遅れて剣を抜いて二人は構える。

「久しぶりだな、こうして剣を向け合うのは」

「……真剣は初めてです」

「そうだな。けど俺はいつか、こんな日が来ると思ってたぜ。お前と俺たちは、根本的に考え方が違うからな。対立して、ぶつかるのは必然だ」

「兄さんたちは間違っている。こんな戦争は誰も望んでいない」

「はっ！　そう思うなら……俺たちを止めてみろ」

クロード殿下は鋭い目つきでエドワード殿下を睨《にら》む。それはもはや、血の繋がった兄弟に見せる表情ではなかった。

空気がぴりつく。エドワード殿下が手を動かし、私に下がっているように命令する。私は邪魔をしないように数歩下がる。

その直後、二人は全力で駆け出し、刃《やいば》をぶつけ合う。

「こんな戦争が兄さんや兄上の望んだ未来を作るのですか？」

「そうだ。俺たちはそう思ってる」

「無理ですよ。こんなことをしても手に入るのは軀《むくろ》の山と灰に埋もれた世界だけです」

「いいじゃねーかそれでも。この国を一番でかい国にできればな」

刃と刃をぶつけ合い、離れ近づき、顔を突き付ける。エドワード殿下の強さは私も知っている。だからこそ、互角の戦いをしていることに驚愕する。

「お前じゃ俺には勝てねーよ。一度でも俺に勝ったことがあったか？」

「っ……アメリアで何をするつもりですか？」

「ん？　あーその奴隷か。俺も詳しくは知らねーよ。けど腕のいい錬金術師なんだろ？　だったら使い方はいくらでもあるだろ」

「……彼女は物じゃない」

エドワード殿下が力強く言い放つ。お兄さんに対して敬うように丁寧な話し方は崩さず、それでも反発するように前へ出る。

「兄さんは間違っている」

「戦争は必要だ。奪うことで国は大きく強くなるんだよ。これまでの歴史がそれを証明している」

「……違う。それだけじゃないのだよ」

「は？」

敬語が崩れ、クロード殿下の体勢も崩れる。エドワード殿下が上手く相手の虚をつき、力を往《い》なして側面へ回り込む。

体勢が不十分なクロード殿下は防御の姿勢に入る。しかしそれを見抜き、足を蹴り飛ばしてさらに崩すことで、クロード殿下の顔面が無防備になる。

そこへ剣ではなく、拳を叩《たた》き込んだ。

「ぐっ！」

吹き飛ぶクロード殿下に、エドワード殿下は拳を握りながら言う。

「一度も勝ったことがない？　それは一体、いつの話をしているのだよ」

「……お前」

「兄さん、俺はずっと強くなった。強くしてくれる者たちが……友がいたのだよ。彼女は、アメリアは俺の友の女だ」

「殿下……」

鋭く、強く、凜々《りり》しく立つエドワード殿下を見て、私の瞳からは涙がこぼれる。ここにトーマ君はいない。でも、殿下の姿を通して、トーマ君が傍《そば》にいてくれるような気がして。

「国のためじゃなく……友のために剣を振るうか。お前らしいじゃねーか」

「人があってこその国なのだよ。兄さんも兄上も、そんな単純なことを忘れてしまっている」

「……ふっ、だったら証明してみろ。この先にいる……俺以上の頑固者を止めてみろ。もう……時間はないぞ」

「……わかっているのだよ」

エドワード殿下は腰に剣を戻し、私のほうへと戻ってくる。そのまま手を握り、クロード殿下の横を通り過ぎる。

「気を付けろよ」

ぼそりと聞こえた声に、エドワード殿下は答えない。彼ら兄弟の事情はよく知らないけど、ただ対立しているだけじゃないことは伝わった。

彼らには譲れない信念みたいなものがあって、それがエドワード殿下と二人の王子は違ったのだろう。

だからこうして――

「止めに来たのだよ、兄上」

「エドワードか。そろそろ来る頃だと思っていたよ」

二人は向かい合う。王となった兄と、彼の蛮行を止めようとするエドワード殿下が。現国王アルカリア様の後ろには、巨大な兵器がそびえたつ。

それは大きな大砲のような形をしている。大砲の先は王城の壁を突き抜け、外に向いていた。魔法使いではない私でもハッキリわかるほど、大量の魔力が兵器に集められている。

「一足遅かったね。もう発射の準備は終わっているよ」

「そんな……」

「まだなのだよ。準備ができようと発射する前に破壊してしまえばいい」

「やめておいたほうがいい。無理やり破壊すれば、今度はこの国がなくなってしまうよ?」

魔導兵器に蓄積された魔力が拡散し、この地を中心とする全てが燃え尽きる。アルカリア王は冷静にそう説明する。

エドワード殿下は唇を噛《か》みしめ、私に尋ねる。

「魔力ごと分解することはできないのか?」

「で、できなくはないです。でもそのためには解析の時間も必要で、そんな時間は……」

「そう、ないよ。どうやら君は、私が思っている以上に優秀な人材のようだね。無駄にならなくてよかった」

「兄上！　ここまでして王都を破壊しても、その後に更なる混乱が起こるだけなのだよ」

「いいや、そうはならない。この一撃を放てば、かの国は完全に消える」

「なっ……」

王国が消える？

アルカリア王は確かにそう言った。エドワード殿下の話では、都市を一撃で破壊する魔導兵器だという。故に狙いは王都だと思っていた。

「どういうことなのだよ」

「この兵器は一発限り。その代わりに集めた魔力を何十倍にも増幅する機構が備わっている。一撃で国を焼き尽くせる。だから反撃はない。混乱はないんだよ」

「そこまでして……兄上がやろうとしているのは虐殺なのだよ」

「そうだね。自覚している。けれどこれが最善なんだ。私たちの国を、この世界でもっとも大きな国にする。この一撃を知れば、他の国も私たちを恐れる。敵になろうとは思わなくなる」

アルカリア王の目的は、恐怖によって世界を支配することだった。そのための見せしめ、最初の犠牲に選ばれてしまったのが私たちの国だ。

三百年前から続く対立に終止符を打ち、アルザード王国を中心にした新たな世界を作る。それこそが彼の理想であり、果たすべき夢だと語った。

「どれだけの犠牲が出ると思っているのだよ」

「仕方がないことだよ。戦争とはそういうものだ。命を費やして利を得る。私たちがやっているのは遊びじゃないんだ」

「俺も、子供の我がままで言っているつもりはないのだよ」

こんな押し問答をしている時間はない。けれど誰もが理解していた。もはや手遅れであることを。

魔導兵器は発射寸前だった。

私たちがたどり着く少し前に、アルカリア王は魔導兵器の発射をすでに決定していた。放たれれば私の国は亡《ほろ》びる。

もしも無理やり破壊すれば、今度はアルザード王国が火の海に包まれてしまう。犠牲が生まれる結果は変えられない。

「こうなることを……俺は予測していたはずなのに……」

「悔いることはない、エドワード。犠牲になった者たちの怒り、恨みは全て王である私が引き受ける。たとえ世界に恨まれても、私は王としての責務を果たす」

「こんなことに責務などないのだよ！」

「……結果が全てだ。エドワード、これが現実だ」

魔導兵器に蓄積された魔力が光を放ち始める。これが終焉《しゅうえん》の光なのだろう。私は見ていることしかできない。

私の力なんてちっぽけで、みんなを助けることもできない。王国にはトーマ君たちだけじゃない。リベラもいて、多くの人々が暮らしている。

何の罪もない人々の命が、大切な人たちの未来が奪われようとしている。もしもこの場に私一人で、私以外の誰も犠牲にならないのなら、私一人が犠牲になれば解決するのなら……。

きっと私は迷わなかっただろう。

「これより世界は新しい時代になる。エドワード、そして優れた錬金術師。君たちこそ、新たな時代を繋ぐ者だ」

「アメリア……すまない。これではもう――」

「殿下、私は……」

諦めたくなかった。だから私は駆けだした。無茶でも無謀でも、たとえ自分が犠牲になったとしても……ううん、私一人が犠牲になって、みんなを救えるのなら。

「アメリア！」

「まだ……私は……」

この魔導兵器を破壊する。錬金術の力で、魔力もろとも消滅させる。時間がかかるなんて言い訳はしたくない。

錬金術は常に等価の代償を必要とする。奇跡にはそれに見合った代償を支払う。私がやろうとしていることは奇跡だ。

それなら、私は何だってかけられる。自分の未来も、これまでの全てを捨ててでも――

「誰も死なせない！」

「……凄《すご》いね。君は私が知る限りもっとも勇敢な人間だ。だからこそ、君を連れ出してよかったと思うよ」

アルカリア王は私の行動を称賛している。決して邪魔をせずに見ていた。いかに私がどう動こうと、運命は変えられないと知っているように。

そんな未来は認めたくない。絶対に……助けたい。


――それは私の役目だよ。


「え？」

頭の中に声が響いた。とても優しくて幻想的な声。誰かなんてすぐにわかる。

「エルメトスさん？」

「ああ。ちゃんと届いてくれたみたいだね。よかった」

「この声は……あの魔法使い？」

「私の頭にまで……これは一体？」

エルメトスさんの声は私だけじゃなくて、その場にいた二人にも届いていたらしい。

「時間があまりなくてね。今、私の声は世界に響いている。残念ながら私に声が届くのは、アメリア、君一人だけどね。この声をみんなが聞いていると思うと少し恥ずかしいなぁ」

「この状況で何をのんきなことを……」

「心配ないよ」

私の声しか届かないと言いながら、エルメトスさんはまるで聞こえたようにエドワード殿下の苛《いら》立《だ》ちに反応した。

「この国は私が守る。アルカリア王、残念だけど君の思うようにはいかない。今から私の全てをかけて、終焉の光を否定しよう」

「……」

「エルメトスさん……」

「すまないね、アメリア。トーマなら生きているよ」

エルメトスさんの口からトーマ君の無事を知らされ、張り詰めていた糸がわずかに緩む。

「だけどこのままじゃ国がなくなってしまう。そんなことはさせない。私の存在全てを使って、その馬鹿げた力を打ち消してみせる」

「存在全て……？」

「おい魔法使い。まさかお前は——」

「……本当にすまないね。この後どうなるかは予想できない。だから君たちに託すしかないことを心苦しく思うよ」

私たちは察する。彼の言葉から……エルメトスさんは死ぬつもりなんだと。国を一瞬で焼き尽くすほどの力を、いくらエルメトスさんでも簡単には防げない。

魔法使いではない私たちにだってわかる。奇跡に代償が必要なのは、何も錬金術に限った話じゃない。この世界にある物は大抵、そういう風にできている。

「……ダメですよ！　エルメトスさん！」

「いいや、これしかないんだ。そしてこれが……私の役目なんだよ」

◆◆◆

アメリアが攫《さら》われた数分後、エルメトスが戦線に合流した。しかしその時には戦いは終わり、アルザード王国の兵たちは撤退を始めている。

「これは……」

「師匠！　トーマが！」

「シュン？――！」

トーマは敵の刃を脇腹に受け、それ以外にも魔法による消耗が激しく意識を失っていた。すぐに手当てをするため屋敷に運ばれる。

だが戦争はすでに始まっていた。一度撤退したはずのアルザード王国軍は、すぐに再侵攻を始め、トーマの領地を踏み荒らし、さらに奥へと進行する。

対する王国も黙っているわけにはいかず、同等の兵力をぶつけて乱戦となる。そんな中、屋敷のみをエルメトスの魔法で隠すことで、彼らはやり過ごしていた。

「……」

「師匠、トーマは大丈夫なんですか？」

「今のところは……けどかなり厳しい状況だよ。おそらく刃に毒が塗られていたんだね。しかも普通の毒じゃない。これも一種の魔導兵器だ」

「魔導兵器の毒？」

エルメトス曰《いわ》く、体内に入り込んだ毒素が魔力と結びつき、トーマの生命力を著しく奪っているという。

魔力を多く持つ者ほど苦しみ、死に追いやる兵器。アルザード王国軍が開発した対魔法使い用の毒であると語られる。

「師匠の力でどうにかならないんですか？」

「……難しい。魔法で治癒させようとしても逆効果だ。専用の解毒方法があるはずだけど、それを見つけるのに時間がかかる。ただ……もう時間はないよ」

エルメトスは気づいていた。遠く離れた隣国の地で、大地を焼き尽くすほど強大な魔力の流れがあることに。

彼はみんなに、このままでは王国が消滅してしまうと説明する。それをミゲルは否定する。

「そんな！　いかに強力な兵器でも王国を一撃では」

「いいや、あの魔力の流れはそういうものだ。私は魔法使いだからね。使われる魔法の規模くらいは離れていてもわかる。これほどあからさまな力なら確実に」

「そんな……エドワード殿下はこのことを」

「知っていても関係ないだろうね。私の予想が正しければ、すでに魔力は溜《た》まってしまっている。仮に魔導兵器を破壊すれば、今度はアルザードが滅ぶよ」

どちらかが滅ぶ未来しかない。誰もが絶句し、諦めかける中で、エルメトスさんは一つの希望を口にする。

「大丈夫。私がなんとかしよう」

「師匠？」

「私が持ち得る魔力の全て、そしてこの先の未来全てを捧《ささ》げることで大魔法を発動させる。その力をぶつけて、アルザードの魔導兵器の一撃を相殺する」

「――そんなことをすれば師匠はどうなるんですか？」

不安そうにシュンが尋ねる。エルメトスは笑い、言葉には出さなかった。その表情だけでシュンは、その場にいた者たちは察する。

「これでいいんだよ。むしろ私が望んでいる。これまでずっと、贖罪《しょくざい》のために生き続けてきた……今なんだ。この命を懸けるべき時が来た。私はきっと、この日のために生きながらえてきたのだと思う」

「師匠……」

本当ならダメだと言いたい。師匠を止めたいという気持ちがシュンの中にはある。けれど他に方法はなかった。

だから堪《こら》えるしかない。何より、エルメトスの表情から伝わる覚悟は、止めても無駄だと言っていた。

「……し、師匠」

「トーマ！」

そんな時、トーマが目を覚ました。ボロボロの身体で、毒が全身に回って満足に動けない状態で、無理矢理身体を起こす。

「トーマ、無理をしてはいけないよ。君たちには、この後のことを託さなくちゃいけないんだ」

「……」

「私がなんとか魔法を相殺する。けれどその後どうなるかはわからない。三百年前よりも大規模な魔法の衝突になる。この土地は……いいや、世界はもっとひどい状況になるかもしれない」

それでも、とエルメトスは続ける。

「私は君たちに生きていてほしい。君たちならきっと、どれだけ世界が変わろうとも、前を見て生きていけると信じている」

「師匠……ダメだ」

トーマはベッドの上から手を伸ばそうとする。けれどエルメトスは背中を向けた。

「トーマ、君は誰よりも優しい。そんな君だから、君たちだから託して逝ける。どうか生きてほしい。生き抜いてほしい」

「師匠……俺はまだ、あなたから学びたいことがたくさん……」

「ごめんね、もう十分なんだ。どうか見ていておくれ。君たちの師匠が、この国を守ってみせる」

そう言ってエルメトスは飛び出した。

彼は戦乱の世界を見下ろすように空に浮かぶ。

◆◆◆

「エルメトスさん！」

「アメリア。トーマを救えるのはきっと君しかいない。どうか優しすぎる弟子のことを頼む。彼はこのまま死んでいい人間じゃない」

「それは……エルメトスさんだって同じです」

「ありがとう。でも、私はもう十分に生きたんだ。贖罪のためにあの地で、たくさんの命を見送ってきた。それに他の方法はない。私がやらなければいけないことなんだ」

もうすぐ魔導兵器は発射される。私の手元で、解放されかけている魔力の波動のようなものを感じ取る。

今さら私が何をしても手遅れだ。そっと両手を離し、後ずさる。

「私は……」

「悔いることはないさ。君には君にしかできない役割がきっとある。この先、世界はとても過酷な状況になるだろう。君の力、未来のために使っておくれ」

だから私は、現在を繋ぎ留めるための橋となろう。エルメトスさんは笑ってそう言う。声しか聞こえないけど、彼の表情はわかってしまう。

そして——

魔導兵器は発射された。

轟音《ごうおん》と地響き、突風が吹き荒れる。吹き飛ばされた私を、エドワード殿下が受け止めてくれた。

「エルメトスさん！」

「さぁ、これが私にできる最後の仕事……全ての奇跡をここに。私の長い長い人生は、この日のためにあったと」

声だけではなく、風景までが流れ込んでくる。これはきっと、エルメトスさんが見ている景色だ。

青空の下、破壊の光が迫る。

「どうか泣かないでほしい。目をそらさないでほしい。私が見ている全ての景色を、記憶を、これが最後の我がままだ」

エルメトスさんの眼前に大きくて優しい光の魔法陣が展開される。見たことがないほど鮮やかで、淡い粒子が周囲を包み込む。

「人の命には無限の可能性が秘められている。人の数だけ未来があり、奇跡が起こる。それを邪魔することは許さない。魔法使いは奇跡の体現者だ。というのが建前で結局、私がこうしている理由は……」

エルメトスさんの魔法が放たれる。

直後、二つの光がぶつかり合い、彼が見ている世界は真っ白に染まる。

「私は戦争が、大嫌いなんだよ」

そんな軽口のようなセリフが頭に響いたのを最後に、エルメトスさんの声は届かなくなった。

「エルメトスさん！」

代わりに響き渡るのは破壊の音だ。

相殺された魔法の一撃は、流れ星のように分かれて各地へ降り注いでいる。それだけじゃない。発動直後の魔導兵器が限界を迎え、今にも爆発しそうだった。

「アメリア！　くそっ」

エドワード殿下が私の手を引いて逃げようとする。けれど魔導兵器の爆発のほうが早い。それを悟ってか、彼は私を守るように抱きしめる。

「殿下」

「お前だけは死なせないのだよ。お前は必ず……あいつの下に帰す！」

たとえ自分がどうなろうとも、そんな声が聞こえた気がした。私を守ろうとする殿下を見て、アルカリア王はため息をこぼす。

「まったく……困った弟だ」

「兄上？」

魔導兵器が爆発する。その直前に、アルカリア王が私たちの前に立っていた。彼は笑顔で、私たちに……エドワード殿下に言う。

「お前の勝ちだ。後のことは頼んだぞ」

◇◇◇

戦争は終わった。

仕掛けた国も、仕掛けられた国も残っている。死傷者は出てしまったけど、三百年前の戦争に比べれば少ないという声を聞いた。

実際どうだったかなんて知らない。現代に生きる私たちに、三百年前の出来事を詳しく知る機会はない。もう失われてしまった。

オーバーラップ文庫＆ノベルス NEWS
一生養ってあげるから！
第8回 WEB小説大賞 銀賞
幼馴染たちが人気アイドルになった1
～甘々な彼女たちは俺に貢いでくれている～
著：くろねこどらごん　イラスト：ものと
キモオタモブ傭兵は、
身の程を弁える1
著：土竜　イラスト：ハム
「モブ」に徹したいのに、なんでみんな僕に構うんだ!?
第8回 WEB小説大賞 銀賞
2307 B/N

エルメトスさんが人生最後にかけた大魔法によって、私たちの国は守られた。彼は間違いなく英雄だった。

だけど、その結果世界は変わってしまった。大魔法が衝突し、魔力が世界に拡散されたことであらゆる自然環境に影響を与えてしまった。

簡単に言うなら、私たちが暮らす領地と同じ状況が世界中に広まってしまった。

急速に変わりゆく春夏秋冬。そのどれもが過酷で、安心して生活することなど困難な状況になってしまった。それも今までよりひどい。

春夏秋冬の順で変化するのではなく、季節の巡り方もバラバラで、場所によっても異なる。これにより、人々の生活は大きく変わってしまった。

それでも、みんなが生きている。大勢の命を犠牲にしてしまうはずだった一撃は、偉大な魔法使いの命を代償に打ち消された。

「エルメトスさんは凄いよ……ねえ、トーマ君」

「……」

ベッドで苦しそうに眠るトーマ君に、私は話しかけている。あの日、戦争が終わってからずっと彼は目を覚まさない。

私が領地に戻ってきた時から、すでに一週間以上が経過していた。避難していた人々も領地に戻り、みんなで復興作業に取り組んでいる。

「みんなも頑張ってるよ。私も頑張らないとね」

「……」

「あ、頑張りすぎたら怒られちゃうかな？　でもいいよね？　今はもっと頑張らないと、エルメトスさんも、私たちに後のことを託してくれたんだから」

「……」

「ねぇ、トーマ君……」

どれだけ話しかけても声は聞こえない。彼は眠り続けている。

彼の肉体は、アルザード王国が作った魔導兵器の毒に侵されてしまっていた。この状態を治すポーションの開発をしたいけど、材料も設備もない。

襲撃の時、屋敷の一部が破壊されてしまったからだ。それだけじゃない。何もかもが足らない。時間が経過するほどにトーマ君の身体は弱っていく。時間をかけていられる暇も、猶予もないのに、何もできずにいた。

エルメトスさんから託されたのに、私は自分の無力さを呪う。

このままではトーマ君は二度と目を覚まさない。それどころか、あと数日のうちに死んでしまうかもしれない。

その事実を知った時、シュンさんは唇を噛みしめ、シズクは目を瞑《つぶ》り、イルちゃんは泣いた。

「ごめんなさい……エルメトスさん」

あなたが命をかけて守ってくれたのに、私は彼を助けられない。世界だって、これからもっと大変になるだろう。

私にできることなんて限られている。

「う……やらなきゃ」

私ばかり泣いてはいられない。みんなも必死で生きようと頑張っている。ここで俯《うつむ》いていても、トーマ君はきっと喜ばない。

「私も手伝いに行ってくるね」

「……」

私は一人、トーマ君の部屋を出て屋敷の外へと赴く。すぐそこにサクラが咲いている。エルメトスさんが依代《よりしろ》にしていた魔法のサクラだ。

彼がいなくなって栄養がなくなり、徐々に花が散り始めている。いずれは完全に枯れてなくなってしまう。

それはまるで、エルメトスさんがここにいた証《あかし》すらなくなってしまうようで……そう思ったら私は、サクラの下に錬成陣を描いていた。

無意識だった。どうにかしたいと思って、身体が勝手に動いていた。けれど知っている。

「こんなことしたって無駄なのに……」

サクラに限った話じゃない。世界の混乱はもっと広まる。

アルザード王国は、アルカリア王が亡くなったことで、今は王がいない。最後の瞬間、あの人は私とエドワード殿下を守ってくれた。

エドワード殿下は国に残り、亡き兄の代わりに国民の不安を減らすために尽力しているはずだ。

私たちの王都でも、きっとリベラたちが頑張っているに違いない。ただ、どれだけみんなが頑張っていても、この現実は変わらない。

大切な人を失うという悲しみも、どうしようもできない無力さも。

「私に……」

もっと力があれば。

私の全部を犠牲にしてでも、大切な人を、世界を変える力があればと悔いる。瞳から流れる涙が、無意識に描いた錬成陣に落ちた。

その瞬間、サクラが輝く。

「え？」

サクラの花が散りゆく中で、一人の少女が立っていた。

真っ白な少女が一人、ぽつりと。

「あなたは……」

「――こんにちは、また会えたね」

声も姿も初めてだけど、なぜか懐かしさを感じてしまう。独特な雰囲気の女の子。そこにいるのに、誰もいないような感じがする。

「できるよ」

「え？」

「世界を作り替えること。あなたの錬金術なら、それができるよ」

少女は言う。突拍子もなく、夢のようなことを。

「あなたは……誰？」

「私は誰でもないんだよ。名前もないし、命もない。いつもどこでも存在している。でも、一言でもし表すなら、世界を繋ぐために私はいるの」

「世界を……繋ぐ？」

ふと、トーマ君に内容を説明していた一冊の本を思い出す。その内容……世界は二つに分かれていて、私たちの暮らすこの世界と、裏側の世界が寄り添っている。

満月の夜にだけ二つの世界が繋がる。その話を信じて私たちは夜に抜け出し、綺麗なサクラと少女を見た。

そうだ。思い出した。

彼女はあの時、サクラと一緒に現れた少女だ。そして以前、私の夢の中に現れて、また会いましょうと言っていた。

「世界は……二つあるの？」

「あるよ。ここじゃないもう一つ、私たちの想像が生み出す世界が」

「想像の……世界」

「うん。私の中にはね？　私を作った誰かの記憶がたくさんあるの。ずっとずっと昔に、世界を想像して、私を想像した人たちの想《おも》いも……」

謎の少女は懐かしそうな表情で、自分の胸に手を当てている。世界を想像する……創造ではなく、想像するという意味だった。

それは魔法みたいな話で、私の錬金術とも重なる部分がある。どちらも生み出したい何かをイメージして、それを現実に持ってくる。

大きく違いがあるとすれば、魔法は魔力を消費して奇跡を起こし、錬金術は魔力や物を消費することで新たな何かを生み出す。

この力は似て非なるものだ。

「あなたは、魔法使いなの？」

「ううん、私たちは魔法なんて知らない。それはこっちの世界にしかない言葉だから」

「もう一つの世界には魔法がないの？」

「うん。私は世界と世界を繋ぐ道。そしてあなたは、その道を自由に行き来する権利を持っている人なんだよ」

謎の少女の言葉に耳を傾けながら、頭の中にいくつもの疑問が浮かぶ。世界が二つあるとか、想像の世界だとか、普通なら信じられない。

信じられないはずなのに、彼女の言葉を聞いていると、それが真実であるかのように思ってしまう。

それだけじゃない。まるで自分が、そういう世界があることを最初から知っていたかのような錯覚に陥る。

「知っているんだよ。あなたは資格があるから」

「資格……！　錬金術？」

謎の少女はニコリと微笑《ほほえ》む。とても妖艶で、どこかエルメトスさんと重なる。けれど彼とは違い、少女の笑顔はガラス細工のようだった。

彼女は言った。私が持つ資格、錬金術の力は、彼女が作った世界を渡る道の通行券だと。だとしたら、錬金術はただ物質を合成して作り替えるものじゃないのかもしれない。

そう、例えば……こんな仮定はどうだろう？

「こっちの世界で集めた材料を支払って、もう一つの世界から完成品と交換する……」

「うん。そういう風にできているんだよ」

「――！」

私がなんとなくで口にした仮説を、謎の少女は肯定した。錬金術の原理は、長く研究されていながら完全には解明されていない。

もしもこれが事実なら大発見だ。こんな状況じゃなかったら、もっと盛大に喜べたのかもしれないけど……。

「それがわかっても……どうしようもないよ」

「どうして？」

「だって、原理がわかっても、私の力じゃ何もできないでしょ？」

「ううん、できるよ。他の人には無理でも、あなたはできる。だってあなたはこの世界で一番、あちらの世界の想像力を引き出せる人だから」

謎の少女は微笑む。

もう一つの世界は想像の世界。想像によって生まれた世界だと彼女は言った。それはつまり、誰かの想像が、考えたことが現実となり、世界すら生み出したというのだろうか。

それはもはや錬金術ではなく、魔法の領域に近い気がする。けれど私は、そんな疑問よりも希望に縋《すが》る。

「私になら……できるの？」

「できるよ」

「この世界を、ちゃんとした形に戻すことができるの？」

「うん。あなたがそれを想像すればいいんだよ。それに釣り合うだけの代償も一緒に」

「代償？」

彼女はニコッと笑い、散りゆくサクラを見上げる。

「奇跡には必ず、それに見合うだけの代償がいるんだよ。それは物でもいいし、力でもいい。それが錬金術なんだよ」

「等価交換だって言いたいの？」

「うん。同じだよ。あなたがこれまでしてきたように、必要な材料をここに用意して」

そう言って彼女は自分の胸に手を当てる。

「私は道なんだよ。私と繋がれば、あなたは想像力を引き出して、奇跡を起こすことができる。そのための代償は何がいるかな？」

「代償……」

私が求める理想、それは大切な人たちが笑って暮らせる未来、世界だ。この壊れてしまった世界を元通りにする。

自然だけじゃない。傷ついた人も……もういなくなってしまった人までは戻せなくとも、生きている人々に幸せを、未来を与えたい。

そうだ。トーマ君はまだ生きている。彼の未来を守りたい。彼に笑って生きてほしい。そのためだったら私は――

「全部をあげるよ」

私は彼女の真似《まね》をするように、自分の胸に手を当てる。

「世界を救う。そんな奇跡を起こすなら、私は全部を差し出さないといけない。命も、身体も、未来も過去も……何もかもを捧げるしか」

そう、何もかもを手放すことでようやく、私は奇跡を起こすことができる。私一人の命なんて世界とは釣り合わない。けれど、これまで私が生きてきた時間も、関係性も、これから起こる全ての出来事から私を取り除く。

死ぬんじゃなくて、私という存在全てを消費すれば、奇跡も許してもらえるんじゃないかって思ったんだ。

「――うん。それでいいよ。あなたの全てなら釣り合う。あなたなら釣り合う」

「そっか。よかった」

私にはそれだけの価値があったんだ。全部を捧げれば、大好きな人たちの未来を守るだけの価値があった。それがわかっただけで幸福だ。

「私は奇跡を起こしたい。そのために、私は私を捧げるよ」

「うん。いいんだね？」

「……うん」

きっと、みんなは怒るだろう。エルメトスさんにこの世界の未来を託された。けれどこんな方法は望んでいなかったはずだ。

トーマ君は……泣いて悲しむと思う。そうであってほしいし、泣かないでほしい。だからこそ私は自分を消し去るんだ。

私という存在の消失によって、トーマ君の中の私の思い出も消えてくれる。だから大丈夫、彼の悲しみも、すぐになくなるはずだから。

「ごめんね、トーマ君」

私はね？

あなたが元気に生きて、みんなと幸せに過ごしている姿を想像したいんだ。それ以外の未来なんて考えたくない。

本当はその隣に自分も一緒にいたかった。一緒に笑い合いたかった。けれど、世界はいつだって無条件に奇跡を起こしてくれないから。

私の幸せをトーマ君に全部あげる。だからどうか、あなたの未来に最上の幸福を。

「始めよう。これが私の——」

選んだ道だ。

◇◇◇

その日、世界には奇跡が起こった。

戦争によって壊れてしまった世界の環境が、一瞬にして元通りになったのだ。人々は困惑し、それ以上に歓喜する。

失われてしまったはずの平和な未来が戻ってきたのだと。

そして——

「ぅ……うう……」

彼も目覚める。

猛毒に侵され、目覚めることすら困難だった身体は、まるで何事もなかったかのように元通りの活力を取り戻していた。

彼は手足に力が入る感覚を確かめて、ゆっくりとベッドから降りる。

ふと、窓の外を見た時、桃色の花びらが舞っていた。

「……アメリア」

ぼそりと、彼女の名前を口にしたトーマは部屋を出ていく。何かの予感に導かれるように、彼はまっすぐ迷うことなく外へ向かった。

魔法のサクラが咲き誇り、散っていく。綺麗なサクラの木の前に、彼女は立っていた。

「アメリア」

彼女は振り返る。そして安堵したように微笑む。

「よかった。元気になったんだね」

「君が助けてくれたのか？」

彼女は微笑むばかりで答えなかった。トーマが一歩踏み出すと、アメリアは悲しそうな表情を見せる。

「アメリア？」

「ねぇ、トーマ君？　私ね……トーマ君のこと、本当に大好きだったんだよ」

「今さら何を言ってるんだよ。そんなこと――」

ようやく彼は気づく。アメリアの身体が少しずつ、手足の先から半透明になっていることに。

トーマに気づかれたことを察したアメリアは、申し訳なさそうな表情で言う。

「ごめんね、トーマ君。怒らないでほしいな。これが最後だから」

「最後……最後ってなんだよ！　なんでアメリアが消えかかってるんだ！」

「これが……私の選んだ代償。世界を元通りにするためには、私の全てを捧げるしかなかったんだよ」

「代償……？　君の全て？　それじゃまるで……」

君が消えるみたいじゃないか、と。トーマの苦しそうな問いに、アメリアは笑顔を返すだけだった。その無言が答えである。

「ふざけるな！　そんなこと俺は……誰も望んでいない！」

「ううん、私が望んだの。トーマ君の未来を守りたかった。トーマ君には、笑って生きていてほしかったから」

そう言いながら、彼女は涙を流していた。

「アメリア……」

「トーマ君が大好きだから……トーマ君がいない明日《あした》なんて絶対に嫌だった。そんなの耐えられなかったんだよ」

「……俺だって同じだ。君が好きだ。何物にも代えがたいほどに好きなんだ。そんな君がいない明日なんて……想像できない」

トーマは拳を握りしめ、その瞳は涙で潤んでいく。

「大丈夫だよ」

「え？」

「私は消える。みんなの記憶からも、世界からもいなくなる。だからきっと、想像する必要なんてなくて、トーマ君には明日が来るから」

「アメリア！」

彼女の肉体はもうほとんど消えていて。半透明どころか、消し忘れた落書きの跡みたいにうっすらと残るばかりだった。

トーマが慌てて手を伸ばしても、その手で彼女を摑むことはできない。

消えていく。彼女が生きた時間が、過ごした日々の記憶が、何もかも。サクラの花びらが散るように、ひらひらと舞っていく。

「嫌だ……俺は忘れたくない」

「ううん、それじゃダメなんだよ。私のことを忘れてくれないと、トーマ君は新しい幸せに出会えない。だって……トーマ君……優しいから」

「違う……違うんだ！　俺の幸せは君だけを！」

伸ばした手は最後に一瞬だけ、アメリアの頬に触れた感覚があった。

「ありがとう。大好きだよ、トーマ君」

「アメリア！」

春らしく、強くて優しい風が吹き抜ける。

風にあおられてサクラの花弁は見事に散って、そこにはもう何もなくて……ただ、トーマの瞳から涙が流れ落ちていく。

彼は自分の涙をぬぐい、その手を見つめる。

「……なんで俺は……泣いているんだ？」

もう、目の前には誰もいなかった。最後に触れた指の感覚すら、彼は覚えていない。何もわからないのに、ただただ悲しくて、涙が止まらない。

「ああ、あああ、うぅ……」

悲しみの理由もわからないまま、枯れたサクラの木の前で彼は俯き涙を流し続けた。

この日、世界に奇跡が起こった日。

一人の少女が世界から消えた。あらゆる記憶から、記録から足跡が消失した。奇跡を起こした代償を支払って。

そのことに気づく者は誰もいない。

愛する人ですら、理由もわからず泣くばかりだった。

第五章

もう一つの人生

Chapter Five

時折、不思議な夢を見る。

目が覚めるとどんな夢だったのか忘れてしまうけれど、不思議だったという感覚だけはハッキリと残っていた。

夢を見ている間だけ、同じ夢をこれまで何度も見ていることを思い出す。

目の前にあるのは……そう、サクラの木だ。とても綺麗《きれい》で、どこか懐かしさを感じる。おかしいんだ。サクラなんて生まれて一度も見たことがないのに。

その木の前に誰かが立っている。真っ白な女の子がいる。彼女は私に微笑《ほほえ》みかけて、いつも決まってこう言うんだ。

——あなたは生まれ直す。

生まれ直すというのはどういう意味なのだろう。それはまるで、今の私になる前に、どこかで別の私がいたみたいだなと思った。

——これから始まるのは、新しい人生なんだよ。

新しい人生……なら、古い人生はどこへ行ってしまったのだろう。私の中には、考えても答えが思い浮かばない疑問がふつふつと沸き上がる。

そうして夢から覚めていく。たったそれだけのセリフを、夢の中ではハッキリと覚えているのに、私は忘れてしまう。

忘れてしまうことが当たり前みたいに。

「あ……」

目を覚ますと、見慣れた天井がそこにあった。私は自分の部屋のベッドで眠っている。涙を流しながら。

「……まただ」

私は何か不思議な夢を見ている。けれど内容はさっぱりわからない。ただ、その夢を見て目覚めた時、私は必ず涙を流していた。

悲しい夢だったのだろうか。そんな感覚は残っていないのに、なぜだか涙が流れている。私は腕で涙をぬぐい、ベッドから起きて着替えをする。

寝巻を脱ぎ捨てて、普段着に着替えて、寝ぐせをとかし、靴を履く。鏡の前に立っている自分の顔をしっかりと見てから、私は小さく頷《うなず》く。

「うん、これでよし」

身だしなみも整えて、私は自分の部屋を出た。部屋を出て短い廊下を歩き、階段を下って一階に向かうと、ほんわりと美味《おい》しそうな香りが漂う。

私のお腹《なか》はぐーと鳴き出して、少しだけ小走りでダイニングに向かった。ガチャリと扉を開けると、二人が待っていてくれていた。

「あら、おはよう。今日もしっかり早起きね」

「感心だね。おはよう、アリシア」

「うん、おはよう。お母さん、お父さん」

お母さんは朝食を作りながらニコリと微笑み、お父さんは先にテーブルの前に腰かけて、難しいことばかり書いてある大きな紙を広げて読んでいた。

私はお父さんの隣の席に座る。お母さんが料理を運んできて、最後の一席に腰を下ろす。私とお父さん、お母さんでテーブルの前は満席だ。

お母さんが笑顔で言う。

「お待たせ。それじゃ食べましょう」

「そうだね。しっかり手を合わせて」

「いただきます」

そうして私たちは仲良く一緒に朝食を食べる。二人の間に生まれた女の子、アリシア。それが私だ。私たちは最初から三人家族だった。

そんな当たり前のことを今さら心の中で復唱しながら、朝食をパクパクと食べる。最初に食べ終わるのはいつも私だった。

「ご馳走様《ちそうさま》でした」

「アリシアは食べるのも早いわね。そんなに急がなくてもなくなったりしないわよ」

「うん。わかっているんだけど、なんだか気づいたら食べ終わってるんだ。お母さんの料理が美味しすぎるからかも」

「あらあら、嬉《うれ》しいことを言ってくれるわね」

お母さんは嬉しそうに笑顔になった。確かに美味しいと思う。こんなに美味しい料理を作ってくれることに感謝もしている。

けれど私は、ただ美味しいから早く食べ終わっているわけじゃない。なぜだか、早く食べ終わらないといけないような気がするんだ。

誰かに急《せ》かされているわけじゃない。お父さんとお母さんはのんびり屋さんで、今まで一度も早くしろなんて言わなかった。

誰に指摘されるわけもなく、それでもこうすることが普通だと思ってしまうのはなぜだろう。

私は食べ終わったお皿を洗うために流し台に移動する。ガチャッと音を立てて置かれたお皿を、お水と綺麗にするための薬で洗っていく。

白い筒に入った液体をかけてこすり落とすと、お皿についていた汚れは一瞬で流れ落ちて、まるで新品みたいにキラキラ輝きだす。

「その洗剤凄《すご》いわね。お店で買ってきたものよりずっと汚れが落ちるのよ。おかげでお皿洗いが最近楽しくなっちゃったわ」

「本当？　よかった。作った甲斐《かい》があるよ」

「ええ、とても助かっているわ」

この食器を洗うための洗剤を作ったのは私だった。お店でお母さんが買ってきていた洗剤は、効果はあるけどイマイチで、毎回大量に使うからすぐなくなってしまっていた。

それを見ていた私は、お店で買ってくる洗剤と同じものを自分で『想像』してみることにした。

「洗剤なんて初めてだったけど、上手《うま》く想像できてよかったよ」

「凄いわね、アリシアはきっと想像の天才なのよ」

「まったくだ。私たち凡人の娘とは思えないほど、大きくて強い想像力を持っているみたいだね。親として誇らしいよ」

「あ、あんまり褒めないでよ。なんだか照れくさいから」

私は恥ずかしくて頬を赤くし、そっぽを向いて誤魔化す。

想像力……それこそが、この世界で一番大切で、とても大きな意味を持つ。私たちの生活は……ううん、私たちの世界は、想像力によって豊かになる。

「ねぇ、アリシアは将来どんなことがしたいの？」

「将来？」

お母さんが突然してきた質問に、私はキョトンと首をかしげる。

「ええ、だってアリシアはそんなに素敵な想像力を持っているのよ。あなたが望めば何にだってなれるし、何だって生み出せるわ」

「そうだね。ありきたりな仕事に就く必要もない。君が望めば、まだ世界にはない新しい職業だって想像できてしまうかもしれないよ」

「新しい職業……そんなの想像できるのかな」

「できるさ。過去の先人たち……君のように天才と呼ばれた者たちは皆、自分で自分の進むべき道を想像してきた。だからこうして豊かな社会があるんだ」

己が生きる道、進むべき未来すら想像することで現実になる。比喩ではなく、それが当たり前で、この世界はそういう風にできている。

強く確かな想像力こそが、いつだって世界を作り替えてきた。お父さんとお母さんも、私にすごく期待してくれている。

「やっぱり難しいよ。将来のことって言われても、私には上手く想像できないんだ」

「そうなの？　難しいお薬なんて簡単に作っちゃったのに？」

「私たちですら知らない作り方の話までしてくれたんだ。それだけ確かな想像力があるなら、自分の未来だって想像できるよ」

「……うん。でも……」

どうしてだろうか？

なぜだか、自分の未来のことを想像すると、頭の中が真っ白になってしまうんだ。ここじゃないとか、これは違うとか、漠然とした否定の言葉が浮かんでしまう。

一体誰に、何に否定されているのだろうか。

「ねぇ二人とも、二人はどんな夢を見るの？」

「夢？　それは将来のことかしら？」

「ううん、そうじゃなくて寝ている時に見る夢のことだよ」

「それは……」

私の何気ない質問に、二人は困惑していた。二人は顔を見合わせ難しそうな表情をしてから、私のほうへと顔を戻す。そうしてお父さんが口を開く。

「寝ている時に夢なんて見たことがないから、わからないな」

「え？　そうなの？」

「そうよ。夢って考えるものでしょう？　寝ている時には何も考えていないから、夢なんて見たりしないわよ」

「そう……なんだ」

知らなかった。もうすっかり大人になるまで生活してきて、私は何度も夢を見ている。あの思い出せない夢だけじゃない。

どこかの大きなお屋敷で、誰かと一緒に楽しそうに暮らしている夢をよく見る。こんな広い場所で暮らしてみたいという願望が形になったのかもしれない。

そう思うと、なんだか二人に失礼な気がして、一度も話したことはなかった。

「夢って、普通見ないんだね」

だとしたら、私がこれまで見てきたものはなんだったのだろうか。あれが夢じゃないのだとしたら……どうして見るのだろう。

考えている私に、お父さんは優しい声で言う。

「きっと、アリシアが特別なんだよ」

「特別?」

お父さんはコクリと頷いて続ける。

「君の想像力は僕たちよりずっと高い。これまで僕たちが出会った人たちの中でもダントツだと思っている」

「そうね。だからなのかもしれないわ。そんな素敵な想像力を持っているから、あなたは寝ている時でも想像してしまうのよ」

「ああ、だから君は特別なんだよ。きっとね」

二人は優しく諭すようにそう言ってくれた。

特別……なんて思ったことは一度もない。けれど二人がそう言ってくれると安心できて、わずかに生まれていた不安が消えていく。

「ありがとう」

「お礼を言うのはこっちのほうだ」

「そうよ。私たちのところに生まれてきてくれて、本当にありがとう」

とても温かくて幸せな家庭。この空間の中にいるだけで、二人と何気ない会話をしているだけで、とても心がぽかぽかしてくる。

なんて幸せな日々なのだろう。これ以上にないくらい幸福で、足りないものなんて一つもない。

そのはずなのに、いつだって私は思うんだ。


何かが足りない気がする……と。

◇◇◇

お父さんがお仕事に出発してから、私は自分の部屋に戻った。といっても、さっき目覚めた部屋とは違う。

二階建ての我が家でもう一つ、私のために二人が空けてくれた部屋がある。中に入るとテーブルが一つ、周りには棚が並んでいて、いろんなものが置かれている。

本当にいろんなものだ。道具だったり、液体の入った瓶だったり、植木鉢で育っている植物だったりと、共通点はあまりない。

いいや、共通点は一つだけある。ここにあるものは全て、私の想像が生み出したものだ。

「今日は何を作ろうかなー」

この世界では、想像を現実にすることができる。特別な力なんかじゃなくて、この世界に生きる人たちなら誰でもできることだ。

ただし簡単じゃない。想像を現実にするために重要なのは、生み出すものや現象を正確にイメージできなければならなかった。

そう、つまりは確かな想像力が必要になるんだ。

例えば水を私の手元に想像する。水なんてどこにでもあるし、生み出すことなんて簡単なように思えるけど、実際はそうじゃない。

水はどんな色をしているのか、含まれている成分は何なのか。そもそも水って何なのか。水についての理解がなければ、正確なイメージはできない。

そして忘れがちなのは、水は液体だから留《とど》まれないということで、入れるための何かも一緒に想像しなければいけない。

ガラスのコップとかが無難だろう。透明なガラスのコップは何で作られていて、どんな形状をしているのか。

これらの想像が不完全だと、生み出されるものも不完全になる。コップが穴あきで、水が流れてしまったり、水の色が濁っていたりとか。

単純だと思えるほどでも難しい。だから誰もが想像する力を持っているけど、それに頼って生きることはできない。

自分の手を動かしたり、頭を使って何かを作ることが当たり前だ。けれどそれだけじゃ新しいものを生み出すのは大変だから、私は想像を形にする。

「あ、そうだ。お父さん最近お仕事で疲れているみたいだし、ぐっすり眠れるお薬でも作ってあげようかな」

作るものを決めたら、さっそく想像の準備をする。といっても、準備する道具とか材料は特に必要ない。

この世界のもの作りに必要なのはゆるぎない想像力だけだ。けれど私は、普通の人たちとは考え方が少し違っているらしい。

「材料は……」

普通、何かを想像する時は完成品をイメージする。どういう形で、どういう中身で、どんな効果や現象が起こるのかをイメージする。

お父さんに聞いた話によれば、それが普通の想像の仕方だという。けれど私は違っていた。私は何かを想像する時、完成品ではなく最初に素材を思い描く。

それは架空のものであっても構わない。例えば今なら、生物を眠らせる効果をもった植物をいくつか思い描く。

それらに名前をつけて、あるいは思い描いた時から名前があって、作り出すために必要な素材を頭の中で並べていく。

素材が全部揃《そろ》ったら、今度こそ作り出すもののイメージを固める。最初に揃えた素材からどんな効果を抽出して合成するのかを考える。

私が作りたいのは、寝る前に飲むことでゆっくり眠れて疲れもとれるようなもの。それは当然液体で、効果は朝まで続くように。

あまり効果が強すぎると朝起きられないから、強すぎる効果が出ないように。ここまで考えて、今ある素材だけじゃ足りない気がした。

「効果を中和する素材も一応入れたほうがいいかな」

眠りへ誘《いざな》う植物だけじゃなくて、目覚めた時にすっきり意識が覚醒する効果を生み出すための素材も必要だと思った。

そうして再び素材を想像してから、同じ工程で完成品をイメージする。あとは頭の中で揃った素材を、ぎゅっと一つにまとめるんだ。

ここでもイメージが重要になる。普通にぎゅっとするだけじゃ、植物がぐちゃぐちゃになった汚い液体の完成だ。

必要なのは植物に含まれる成分で、それ以外の不純物は取り除く必要がある。

「——光だ」

イメージするのは光だ。素材たちが強くて眩《まぶ》しい光に包まれて、分解されてから再合成され、光が弱まるとイメージ通り完成する。

「できた！」

テーブルの上には、綺麗な薄緑色の液体が入った小瓶が置かれていた。私が想像した通りの眠り薬が完成したのだと、感覚的にわかる。

なぜかわからないけど、作る時に光をイメージすると上手く想像ができる。これも私に合ったイメージの仕方で、他の人たちはしていないらしい。

別に、自分のことが特別だなんて思ったことはないけれど……。

「……何が違うのかな」

お父さんとお母さんの子供なのに、どうして違いがあるのだろうか。それは不安というよりも興味で、興味よりも深い疑問だった。

◇◇◇

一日の始まりに月が昇り、そして沈んでいく。暗くなったら一日がもうすぐ終わるという合図になっている。

ちょうど月が沈んだ頃に仕事からお父さんが帰ってきた。

「お父さん、お帰りなさい」

「ああ、ただいま。今日も疲れたよ」

「そんなお父さんにこれ、作ってみたんだ」

私は玄関でお出迎えをして、作ったばかりの眠り薬を手渡す。お父さんは薬の入った小瓶を受け取ると、珍しそうに眺めていた。

「この液体は？」

「よく眠れるようにするお薬だよ。お父さん、最近疲れてるって言っていたでしょ？　だからしっかり寝て疲れが取れるようにって」

「僕のために作ってくれたのかい？」

「うん。試してくれると嬉しい」

「ありがとう」

お父さんは本当に嬉しそうに笑ってくれた。その笑顔が見られただけでも十分に嬉しくて、また何か作ってあげたいと思う。

その日の夕食を食べながら、お父さんが自慢げに私が作ったものをお母さんに見せて話していた。

お母さんはちょっぴり不満げだ。

「またお父さんばっかり、ずるいわ」

「ごめんなさい、お母さん。お母さんの分も作るよ」

「ふふっ、冗談よ。私は疲れても眠れるから心配いらないわ。お父さんがあんまり自慢するから、ちょっと意地悪したかっただけよ」

「いやすまないね。娘からのプレゼントはやっぱり嬉しいんだ。なんかこう、温かい感じがする。もうぐっすり眠れる気がするよ」

優しい笑顔でお父さんはそう言い、私が渡した小瓶を見つめている。まだ飲んでもいないのに気が早いなとか。それだけ嬉しいと思ってくれることに幸せを感じる。

「そうだ、アリシア。またどうやって想像したのか教えてくれないか？」

「私も知りたいわ。アリシアのお話はとても勉強になるもの」

「そ、そうかな？　じゃあちょっとだけ」

二人とも、私の想像のお話をするのを楽しみに聞いてくれる。自分の考えていることとか、思いとかを口にするのは少し恥ずかしいけど。

「本当に何度聞いても感心するわね」

「まったくだ。アリシアは物語を作ることもできそうだね。将来は作家さんになるのもいいんじゃないかな？」

「それはいいわ。でもアリシアの想像力だから、お話が現実になっちゃうかもしれないわ」

「いいじゃないか。この子が作るお話なら、いつだってハッピーエンドだよ」

私の将来のことで盛り上がる二人を見ていると、胸のところがチクチク痛くなる。嬉しいはずなのに、少しだけ申し訳ないような気になるんだ。

家族なんだから、遠慮も不安もないはずなのに、なぜか時折、この光景が私の想像でしかないような気がしてならない。

「……ねぇ、お父さん、お母さん」

「なんだい？　アリシア」

「どうかしたの？」

「……ううん、なんでもない。ちゃんと眠れたら教えてね」

二人は本当に、私のお父さんとお母さんなの？

喉元まで出かかった言葉を呑《の》み込んで、私は笑顔で食卓を後にする。自室に入り、ベッドでごろんと横になり、反省する。

「……私、何を聞こうとしてたんだろう」

忘れたわけじゃない。ただ、なんてひどいことを口にしようとしたのかと、自分を注意しているだけだ。

二人が本当の両親じゃないなんて、そんなことありえない。だって私の中には、小さい頃から二人と一緒に暮らしていた記憶がある。

この記憶が、私自身が証明なんだ。疑う必要なんてない……はずなのに。

「どうしてこんなにも、不思議に思っちゃうんだろう」

夢だ。まるで私が見ている夢のように、漠然とした感覚だけがずっと胸の中にある。今いるこの場所も、見ている景色も、全部間違いなんじゃないか。

私は首を横に振り、目を瞑《つぶ》る。

そうしてまた、同じ夢を見るんだ。朝になれば忘れてしまっている夢……もしも覚えていることができたのなら、この不可解な感覚にも答えが生まれるのだろうか。

◇◇◇

テーブルの上には、美味しそうなケーキがある。ケーキに蠟燭《ろうそく》で火をともし、私が息を吹きかけて一気に消す。

「お誕生日おめでとう、アリシア」

「今日から十九歳ね」

「うん！　ありがとう、お父さん！　お母さん！」

今日は私の十九回目の誕生日だった。

テーブルの上のケーキは今日のために、お母さんが頑張って作ってくれたお手製だ。お母さんはケーキを切り分けていく。

「いっぱい練習したから、きっと美味しくなっているはずよ」

「ははっ、母さんは頑張り屋だね」

「娘に貰《もら》ってばかりじゃ親として情けないでしょ？」

「それもそうだ。もっと僕も仕事を頑張らないといけないな」

「ううん、二人とも私なんかよりずっと頑張ってくれているよ。こうしてお祝いしてくれるのも、とっても嬉しいんだ」

お母さんが作ってくれたケーキはとても甘くて、口の中に入れた途端にとろけてしまうほど美味しかった。

「こんなに美味しいケーキは初めて。誕生日も……初めてお祝いしてもらえたみたい」

「ははは、何を言っているんだ？　毎年やっていることだよ」

「そうよ。一年なんてあっという間なんだから」

「……そう、だね。うん」

こうしてお祝いしてくれるのは毎年のことで、私は何度も、こうして二人と一緒にケーキを食べている。そういう記憶がちゃんとある。

それなのに……。

「どうしてなのかな」

家族に誕生日をお祝いされたことなんて、一度もなかった。そう思ってしまう自分が、心の奥底に潜んでいる。

ねぇ、私の中にいるもう一人……あなたは誰なの？

あなたなら、私が抱いている疑問の答えも知っているの？

自分で自分に問いかけても、中々答えは帰ってこない。こういう時はもの作りをすると落ち着くんだ。

ケーキも食べて夜遅くだけど、私はまだ眠れそうになかった。お腹は満たされているのに、心にぽっかり穴が空いたような感覚になる。

私はそれを埋めるように、いろんなものを想像する。

「お父さん、ちゃんと眠れるようになってよかった。次は何を作ってあげたら喜んでくれるかな？あ、お母さんにも、お誕生日ケーキのお礼をしないと」

考えるのはいつだって二人のことばかりだ。私のために仕事をしてくれているお父さん、家事を一人でこなしているお母さん、二人に感謝を伝えたい。

私が初めて想像を形にしたのは、確か五歳の頃だったと記憶している。

その時は、初めて二人がひどい喧嘩《けんか》をしている様子を見てしまって、いてもたってもいられなくなった。

このままじゃ二人がどこかに消えてしまう。そんな気がして、二人の心を繋《つな》ぎ留めるために、私は一輪の花を作った。

桃色の花はこの世界にはなかった唯一のもので、それを見た両親はとても驚いていた。私には想像の才能がある。

考えたもの、望んだものを現実にする。この世界で、想像力にこそ無限の可能性が宿っていると、二人は教えてくれた。

あの時をきっかけに、二人は一度も大きな喧嘩をしなくなった。私が作った小さな花が、二人の心を繋いでくれたのだと思いたい。

もしもそうだとするならば、私は二人のために、二人の笑顔のためにもっと想像しよう。そして、何を作れば喜んでもらえるのかをいつも考えるようになった。

思えばいつだって、私は誰かの笑顔を想像している。

お父さんとお母さんだけじゃない。私と仲良くしてくれる近所のお友達だったり、小さい頃から優しくしてくれるお隣のおじさんおばさん。

他にも、笑顔になってほしい人たちはたくさんいて、彼ら彼女たちのために想像し続ける。まったく苦にはならない。

一度、みんなから無理しなくていいよなんて言われたけど、無理なんてしたことはなかった。

私はただ、何かを作ることが好きらしい。

向いていることと、好きなことが一緒なんて、とても素敵で幸運なことだと思う。私にとってもの作りは自己表現の一つだ。

こうしている間だけ、私は私じゃない誰かになれるような気がする。その誰かはわからないけど、一つ確かなことは……。

「私だけど、私じゃない」

自分の中にもう一人、私が知らない自分がいる。そう思うようになったのは、割と最近のことだった。

私は胸の中につっかえている疑問のような不安を払拭したくて、ひたすら新しいものを想像していく。

風にも負けない強い壁、冷たい氷の花、潤いを保つ溶けない水の結晶……次々に想像していくものは、どれもこの世界には存在しない。

私には新しい何かを想像する才能があった。だけど不思議と、初めて生み出した気がしない。

お父さんのために作った眠り薬だって、いつかの私が想像していたかのように、すっと頭の中に手順を思い浮かべることができた。

「私は……誰？」

自分で自分に問いかける。

そうすれば、私の中にいるかもしれないもう一人が、答えを教えてくれるような気がした。

もちろん、私自身がわからないことがいきなりわかるはずもなく、しばらく待って返ってくるのは嫌な沈黙だけだった。

「はぁ……もう寝よう」

あまり考えすぎると疲れてしまう。考えても考えても答えが出ない問題は、私の中に苛立《いらだ》ちを生んでしまう。

苛立ちは、想像する上でとても邪魔な感情の一つだ。

明日《あした》からまたスッキリと目覚めるために、何も考えずに眠ってしまおうと思った。


その日、私はまた同じ夢を見た。


「……ぅ……」

目が覚めて、時計を見つめる。どうやら変な時間に起きてしまったらしい。

「まだ夜……」

布団に入ってから大体三時間くらいが経過していた。朝にはまだ遠く、もう一度眠ろうと目を瞑っても、変に頭が冴《さ》えてしまって眠れそうにない。

きっとまた、あの夢を見てしまったからだ。思い出そうとしても思い出せない。けれど印象にだけは強く残っている不思議な夢を。

夢に起こされるのは初めてだった。この世界の想像力をもってすれば、好きな時間に寝て、決まった時間に起きることは簡単だ。

だから誰も、待ち合わせに遅刻することはない。ちゃんと記憶して、起きるつもりがあれば寝坊なんてしないからだ。

私も同じはずだったのに、中途半端な時間に目覚めてしまった。寝たくても眠れない。こうなってしまうと、どれだけ眠ろうと努力しても逆効果だ。

「ふぅ……」

私はベッドから起き上がり、椅子に座ってテーブルに向かう。また何かを想像しようかと思ったけど、そういう気分じゃなかった。

私はテーブルに置かれた一冊の本を手に取り、頁《ページ》をめくって読み始める。

本の中身は昔話。どこかの誰かが想像したことは異なる世界のお話だった。私はこの手のお話が大好きで、よく図書館で借りて読んでいる。

なんだか読んでいると落ち着くし、懐かしい気持ちになる。

特に、今読んでいる話は特別だった。世界は二つに分かれていて、私たちが暮らす世界とは別の世界がどこかにある。

それはとても近くて、寄り添うように存在しているけど、決して二つが重なることはない。けれど満月の夜だけは、お互いを近くに感じられる。

これは異なる世界に生まれてしまった男女の、甘く切ない恋の物語だ。自分たちの恋を、夢を叶《かな》えるために奮闘し、世界と大切な人を天秤《てんびん》にかけて、最後に選んだのは……。

「好きな人……凄いなぁ」

多くの人々が暮らす世界と、たった一人の大切な人の未来を天秤にかけて、物語の主人公は葛藤しながらも後者を選んだ。

どれだけ世界が幸福で、希望に満ち溢《あふ》れていようとも、大切なたった一人がいなければ、世界は灰色のままだった。

どれだけ周りから疎まれ、蔑まれても構わない。たとえ世界の敵になろうとも、大切な人の未来を守る決断をした。

二人の幸せを望むことはできない。だからせめて、大切な人が笑って過ごせるように、主人公は多くの人を犠牲に巻き込んで世界を変えた。

結果、大切な人は未来を手に入れ、主人公は奇跡の代償を払って消えてしまう。

その決断に後悔はない。そして、そんな独りよがりな決断に心動かされた者たちは少なからずいて、主人公の背中を押すことになった。

想《おも》いが力になり、バラバラだった人々の心を繋ぎ留めて、やがて一つの奇跡が起こる。世界も大切な人も救う方法に。

本来ならば存在しなかった選択肢が生まれて、人々は立ち上がる。

消えてしまった主人公を取り戻すための長い長い旅路を経て、二人は再会した。なんてことはない。大切だと思っていた人にとって、主人公こそが世界よりも大切な人だった。

失いたくない、また手を繋ぎたい、そんな思いが勝り、奇跡を起こした。

「私なんかじゃ想像もできない大冒険だよ」

何度読み返してもそう思う。私にはこの主人公ほど大切に思えるような人はいない。なんて言ったらお父さんたちに悲しまれそうだ。

けれど家族とも違う。始まりは他人だけど、一緒にいることが当たり前で、離れ離れになると苦しくて、その人との未来を想像して表情が緩む。

そんな大好きな人と、私も早く出会うことができればいいな。

「っ――」

ふいに風が吹いて、本の頁がパラパラとめくられる。

「あれ？」

おかしいな。窓なんて開けた記憶はなかったのだけど、いつの間にか開いた窓から風が入り込み、カーテンがなびいている。

今夜は少し肌寒い。私は椅子から立ち上がり、開いている窓を閉めるために近づいて、ゆらめくカーテンを脇に寄せる。

「ああ……」

ふいに見えた夜空の星々に、私は思わず声を漏らす。空は雲一つなくて、星々がきらめいては消えていく。

星々は砂粒みたいに小さいけどたくさん詰まっていて、まるで波をうっているようだ。

「こんなに綺麗だったんだ」

思えば初めてだった。いつもこの時間は眠っていて。夜遅い時間に起きていることが珍しい。起きていたとしても、何か作業中で集中していた。

お父さんとお母さんも、街に暮らす人々だって、この時間に起きている人は珍しいだろう。だからきっと、この夜空を知る人も限られている。

「勿体《もったい》ないなぁ」

心からそう思った。

どうせ眠れないのだ。せっかくなら夜空を見ながら少し散歩でもしよう。そう思って軽く着替え、二人を起こさないように静かに家を出る。

「っ、ちょっと寒いかも」

外は思っていたよりも肌寒くて、上着を取りに戻ろうかと悩む。家を出たばかりで戻れる距離だったけど、なんとなく歩き出す。

特に目的地なんてない。ただ、思うままに歩いていく。

「やっぱりこの時間は誰もいないなぁ」

いつもは賑《にぎ》やかな民家の通りも、誰一人として歩いていない。部屋の灯《あか》りもついていないから、きっとみんな眠っている。

そのまま住宅地を抜けて、街で一番賑やかな商店街へと足を運ぶ。昼間は特に大勢の人でごった返す場所で、人混みが苦手な私はいつも酔う。

お母さんから食材の買い出しを頼まれた時、人混みが嫌すぎて想像で食材を作って誤魔化したことがあった。

なぜだかすぐにバレてしまって、お母さんには怒られたな。

「食材の味が違うって言われたんだっけ？　気を付けて想像してもなんかズレちゃうんだよなぁ。形はしっかりしてるけど」

どうやら私は、植物はできても味が比べられない食材の想像は苦手だったらしい。だから料理も上手くない。

お母さんに教えてもらって練習したことがあったけど、まったく上達しなかった。人には向き不向きがあるのだと、あの時に理解した。

最初は悔しかったけど、お母さんが作ってくれる料理が美味しくて、自分で作らなくてもいいなと納得した気がする。

それからいろんなことに挑戦したけど、結局私が一番得意だったのはもの作りだった。何かを作っている自分が一番しっくりくるんだ。

「なんでだろう？　ん？」

ミャーと、可愛《かわい》らしい鳴き声が聞こえた。

気づくと目の前に黒い猫がちょこんと座っている。野良猫だろうか。この辺りに猫がいるのを見るのも初めてだった。

「可愛い」

黒猫はミャーと泣いて、狭い路地のほうへと歩いていく。逃げてしまったのかと落ち込む私に、ついてこいと言わんばかりに振り返った。

「……まぁいいかな」

せっかくの夜の散歩だ。普段は通らない道を進んでみるのも悪くない。知っている道に出れば迷ってしまっても問題はない。

私は可愛らしい黒猫の背中を追いかける。暗くて狭い路地を通り、知っている大通りに出たと思ったら、また路地に入る。

少し不安ではあったけど、黒猫は何度もこちらを振り向き、私がついてきていることを確かめているようだった。

「どこに向かっているんだろう？」

黒猫からは、私に何か見せたいものがあるような意思を感じる。この世界には想像を現実にする力があって、それは人間以外も同じだ。

ただ、他の動物は人間ほど多彩な想像力は持ち合わせていない。だから彼らには、私たちのように想像で何かを生み出すことはできない。

けれど、彼らだって想像する。もしかすると黒猫は、想像した何かを見せびらかしたいのかもしれない。

猫は飼い主に、狩りをした獲物を見せびらかす習性があると本で読んだことがある。私は飼い主じゃないけれど、似たようなことをするつもりなのだろうか。

黒猫が私に見せたいものは何なのか。考えると少しずつワクワクした気持ちになる。

「……あれ？」

なんて考えていたら、いつの間にか黒猫を見失ってしまっていた。数秒目を離しただけなのに、目の前にあったはずの黒い背中がない。

真っ黒な毛並みは闇に溶けて見えなくなってしまったのだろうか。けれど進んでいる道は路地の一本道。

私は少し駆け足気味に進んでいく。そうしてたどり着いた。街の中なのに、不自然に生い茂る草花と、一軒の小さな家に。

私は目を奪われてしまった。その家にではなく、家の横に立っている一本の大木に。

ひら、ひら、ひらりと。

桃色の花びらが舞い、夜空の藍色を美しく染め上げる。

これまで見たことがないほど綺麗で、幻想的なサクラの木だった。

「……あれ？」

どうして私は泣いているのだろう。気づけば私の瞳から、大粒の涙が流れ落ちている。袖で拭っても、ぽたぽたと流れ落ちる。

不思議な気持ちだ。このサクラを見ていると、どうしようもなく悲しくて、涙が出る。

「――ああ、やっと見つけたよ」

「え？」

さっきまで誰もいなかったのに、気づけばサクラの木の下に誰かが立っている。とても綺麗な人だった。声は男性のものだけど、見た目は女性みたいに美しい。

サクラが似合う幻想的な雰囲気の人。

そして何よりも、懐かしいと感じてしまう何かがある。

「ようやく会えたね」

「えっと……」

私はこの人を知らない。初めて会うはずなのに、無性に懐かしさを感じて、思わず久しぶりだと言ってしまいたい気分になる。

「こうして再会できる日を心待ちにしていたよ」

「あなたは……誰ですか？」

私がそう尋ねると、彼はちょっぴり悲しそうな顔をした。

「そうか。そうだよね。今の君はそうなっていても不思議じゃない。少し悲しいけど、それが君の選んだ代償なんだ」

「代償……？」

ふと、部屋で呼んでいた本の中身を思い浮かべる。主人公は、大切な人の未来を守るため、奇跡の代償を支払った。

その代償とは、世界から自分の痕跡を消すこと。存在も、完全な無に還《かえ》ること。それはつまり、大切な人と過ごした日々も、一緒にいられるはずだった未来も捨てること。

そうまでしても、主人公には守りたいものがあった。

どうして今、このお話を思い浮かべたのだろうか。わからない。わからないけど……この人なら何か知っているような気がした。

「せっかくだ。改めて自己紹介をしようか」

そう言いながら優雅に、着ている白いマントを翻して、彼はニコリと優しい笑顔を私に向ける。

「私の名前はエルメトス。ここに住んでいるしがない魔法使い……ではなくなってしまった。ただ優しいお兄さんだよ」

「魔法……使い？」

「ああ、そう名乗っていたんだ。そして今日までずっと、君が来てくれるのを待っていた」

「私を？」

何を言っているのかさっぱりわからないのに、彼の言葉に吸い寄せられる。私が……ううん、私の中にいるもう一人が叫んでいるように。

「そう、君を待っていたんだよ？　アメリア」

彼は口にする。私ではない誰かの名前を。

私はアリシアだ。それなのにどうして、その名前を聞くとこんなにも、胸が苦しくなるのだろうか。

第六章

思い出せ、思いを掴め

Chapter Six

王都からずっと離れた地にある辺境の領地。隣国アルザードとの国境に位置するこの土地に、多くの人々が暮らしている。

大きな都市から離れていて、あまり便利な環境とは言えないけれど、なぜか昔から愛され続けている領地には、若き領主の姿があった。

「今日も街の様子を見に行くのか？　トーマ」

「ああ、一応な」

屋敷の玄関前で、領主のトーマとその護衛のシュンが話している。外へ出かけようとするトーマに、シュンが自分も一緒に行くと言い出す。

護衛として領主を守るために。トーマは心配なんてしなくていいと笑うけど、シュンは一緒に行くと言って聞かない。

「領地の中は安全だぞ？　魔物だって寄ってこないんだから」

「それでもだ。忘れたのか？　つい最近まで戦争してたんだぞ？」

「……わかってるよ」

そう、この地は数週間前まで戦場になっていた。

隣国アルザードで王位の継承が行われ、新たに国王となったアルカリアは、長らく蟠《わだかま》りが残っていたトーマたちの国に宣戦布告を行った。

荒れ狂う戦場と、広がる戦火、どうしようもないほど傷つき倒れていく者たちを救ったのは、たった一人の魔法使いだった。

「師匠のおかげで、この地も世界も守られたんだ。俺たちは師匠の分まで生きなくちゃいけない。それをあの人も望んでいるはずだろ」

「……ああ、わかってる」

そんなことはわかっていると口を噤《つぐ》み、トーマは俯《うつむ》く。

彼ら二人に魔法を教え、戦い守る術《すべ》を与えたもう一人の恩人は、世界を救うために全てを使い果たし、長い生涯を終えた。

かの者は英雄となり、人々の記憶に強く残っている。

しかし、トーマは自分の胸にぽっかりと大きな穴が空いているような感覚に苛《さいな》まれていた。

「もうずっとだ……何かが足りない気がする」

「何かって？」

「それが何なのかわからない。だからモヤモヤするんだよ」

「……はぁ」

シュンはため息をこぼし、呆《あき》れた表情でトーマを見つめる。

「だから毎日視察とか言いながら街を回ってるのか?」

「別に……そういうわけじゃ」

「そうだろ? 最近のお前、人を見るたびに悲しそうな顔をしてるぞ」

「そうか?」

「ああ。イルとシズクも心配していたぞ」

諜報員《ちょうほういん》であるシズクは今、王国の命令で各地を巡っている。戦争によって起こってしまった不和を見つけ出し、報告するために。

魔法使いのおかげで戦争は終わったけれど、世界は平和になったけれど、人々の記憶の中にはハッキリと、戦争による恐怖が植え付けられてしまった。

「お前はいいのか? シズクとあまり会えてないだろ?」

「いいんだよ。今はお互いに忙しい。落ち着いたらまた暇を貰《もら》ってのんびりする」

「幸せ者だな」

「まぁな。お前もそろそろ、そういう相手を見つけたらどうだ? 一応貴族なんだし、婚約者の一人もいていい年齢だろ?」

一応は余計だと、トーマは文句を言う。

そのまま二人は屋敷を出て、人々が暮らす街のほうへと歩いていく。

「おはようございます! 領主様」

「おお、おはよう。今日もお仕事を頑張っているね」

「はい！　領主様がいつもこうして声をかけてくれることが活力になっています」

「それはよかった。俺の言葉でよければいつでもかけるよ」

トーマは領民にも大人気だった。

街を歩けば領民のみんなから声をかけられる。中にはトーマのことをキラキラした瞳で見つめる若い女性の姿もあった。

「お前……ひょっとして相手を探して回ってるだけじゃないだろうな？」

「……」

いつになくトーマが不機嫌な表情を見せる。それに気づいたシュンは少し慌てて、冗談だよと訂正した。

トーマはため息をこぼす。

「領民をそんな目で見たことは一度もない」

「わかってるよ。けどお前、本当に誰かを捜しているみたいだからさ」

「……捜しては、いるのかもしれない」

「ん？」

トーマは空を見上げる。

雲一つなく、清々《すがすが》しいほど綺麗《きれい》な大空には、燦燦《さんさん》と太陽が輝いていた。

「なぁシュン、変なこと聞いてもいいか？」

「なんだ？」

「ここってさ？　こんなにも過ごしやすい場所だったか？」

「……本当に変な質問だな」

シュンがそう答えると、トーマは空を見上げながら目を瞑《つぶ》る。しばらくじっとして、何かを思い出すように唸《うな》る。

今の季節は春の終わり。冬の寒さはどこかへ旅立って、夏の暑さが里帰りを始めている。ぽかぽかの陽気は、外で働く人にとっては汗ばむ暑さになってきた。

春はちょっぴり風が強いだけで、気温はとても過ごしやすい。これから来る夏は暑いだろうけど、涼しい夜だって時々ある。

普通の季節が、普通のペースで巡っている。そんなどこでも当たり前な環境に、トーマは疑問を抱いていた。

「これじゃない気がするんだ」

「何がだ？」

「……環境が……違う。これまで俺たちが歩いてきたのは、ここだったのか？」

疑問を口にしながら、トーマは目を開ける。眩《まぶ》しい太陽に光に目を細め、隠すように腕を曲げて顔の前に移動させる。

そんなトーマに、シュンは冗談交じりに呟《つぶや》く。

「変な夢でも見たのか？」

「……夢、か。そうなのかもしれないな」

そう言って静かに笑い、二人は再び街の中を歩きだす。

夢を見ている感覚がトーマの中にはあった。まるでここが現実じゃなくて、誰かに見せられている夢幻のように感じていた。

決して自分の意思で見ているのではなく、誰かがこうなるように仕向けた。不思議とそう思ってしまう自分に、彼は何度も首をかしげる。

しかし、どれほど考え悩んでも、明確な答えは浮かばなかった。

そうこうしているうちに、最後の一軒を確認し終える。

「今日も問題なし、じゃあ帰るか？」

「……」

「トーマ？」

「なぁ、あっちにもう一軒なかったか？」

トーマが視線を向けているのは、街はずれの森の方角だった。人々が暮らすエリアからは離れている場所だ。シュンは否定する。

「何言ってるんだ？　あっちはただの森だぞ」

「……でも、師匠が住んでいた家がある……気がするんだ」

「おいおいどうした？　師匠の家なら俺たちの屋敷の中にあるだろ？　最初からそうだったじゃないか」

「……ああ」

そんなことはわかっていると、トーマは苦笑いを見せる。

亡き師エルメトスの墓標と共に、彼が過ごした家は屋敷の敷地内に建っている。その記憶に間違いはない。けれど彼は思う。

「それっていつからだったっけ」

師匠と共に過ごした日々に間違いはない。しかし所々に記憶のほころびが生じていることにも気づいていた。

あの屋敷の敷地内に、エルメトスの家が建ったのがいつだったのか。考えても思い出すことができずにいた。

シュンにも同じ質問を投げかける。彼もまた、明確な答えが浮かばない。そもそもあの家は誰が建てたものだったのか。

そういう根本的な疑問に立ち返る。

「師匠が造ったんだろ？　師匠の家なんだし、俺たちに建築の技術はないぞ」

「本当にそうか？」

「何だよトーマ、今日はやけにつっかかるじゃないか」

「……」

その後、二人は特に会話もなく街の中を戻り、屋敷へと帰還した。戻ってすぐにシュンとは別れ、トーマは一人、師の面影をたどる。

彼が立っているのはエルメトスが暮らしていた家。今はもう誰も住んでいないけれど、毎日しっかり掃除されて綺麗なままだった。

そして家の隣には、大きな木が立っている。花も葉もなく、枯れてしまった大樹が。

トーマにはその木が、一体何の木だったのかわからない。植物に詳しくないから？

否《いや》、知っているはずなのに、思い出せずにいた。

「なんでかな？」

トーマは枯れてしまった大樹に触れる。

「この木を見ていると、すごく悲しい気持ちになるのは……」

理由もなく憂い、気を抜けば涙が流れそうになる悲しみが、トーマの胸の中に押し寄せてくる。

それはまるで激流のように。

心が痛んで、悲しんで、涙を吐きだそうと我がままを言っている。

「意味がわからない」

そう、わからない。不安の正体も、悲しみの理由も。ただずっと、彼の心にはぽっかりと大きな穴が空いている。

楽しいことはあるだろう。みんなが平和に、健やかに生きていることを確認して、安堵《あんど》する。それでも足りない。

目に見える幸せをいくら数えて感じようとも、彼の心に空いた穴は埋まってくれなかった。それはまるで、大切な何かが欠落しているような感覚である。

何かを忘れてしまっている。

何かとても大切なものが、世界から欠落している。

そんなことを考えながら大樹に触れて、彼はそっと目を瞑る。自分の胸に空いた穴と向き合うように、思い出そうと振り絞る。

力ではなく心を込めて。

それが一つの奇跡を起こす。

「え?」

花が咲いたのだ。

満開だ。彼の目の前で、枯れてしまっていた大樹が桃色の花を咲かせている。とても綺麗で幻想的で、どこか懐かしい光景を思い出す。

そう、忘れていた記憶と共に、彼の心が思い出す。このサクラを一緒に見た人がいる。共に笑い合い、思いを伝え合った人がいる。

何より大切で、忘れるなんてありえないほど愛していた人の名は――

「アメリア」

口に出した瞬間、これまで忘れていたのが嘘《うそ》のように、彼女と共に過ごした記憶がリフレインされる。

途端、トーマの瞳からは大粒の涙がこぼれ落ちる。

「……なんで、なんでなんだ」

どうして忘れてしまっていたのかと、彼は涙を流した。

何よりも、誰よりも大切だった人のことを、彼は忘れてしまっていた。否、彼だけではない。

彼女と共に過ごした人たちの記憶から、世界から、彼女の存在が消失している。最初から彼女は存在しなかったように。

アメリアの記憶を思い出すと同時に、本来の歴史についても思い出す。

トーマが抱いていた感覚に間違いはなかった。この土地は初めから、これほど過ごしやすい環境ではなかった。

四か月で巡る春夏秋冬。季節の特徴が暴力的なまでに強化され、普通の暮らしとは縁遠い過酷な環境の中を人々は生きる。

領主として、領民たちの生活を変えるために奮闘していた。そんな中、彼は運命の再会を果たした。稀代《きたい》の天才錬金術師と、再会を夢見た幼馴染《おさななじみ》の女の子と。

そうして彼女の力を借りて、ともにこの土地を少しずつ、普通に近づけるための努力を重ねていった。彼女が作り上げたものに支えられ、徐々に穏やかな生活を手に入れていく。

だが、そんな時に戦争が起こってしまった。始まりの戦火はこの地で起こり、アメリアが攫《さら》われて、自身も重傷を負ったことを思い出す。

「あの後……俺はどうなった？　なんでこんなにも元気なんだ？」

手足は自由に動くし、戦争で受けた傷の痕はどこにもない。元気に何事もなく生活できていることに疑問を抱く。

記憶の回復は不完全だった。トーマが思い出せたのは、戦争を止めたのが自身の師匠エルメトスであること。

そこから先のことを思い出そうとすると、どうしても思い出せない。考えるほどに頭痛がして、思い出すことを拒絶される。

「なんで？　アメリアは……」

ここにいないんだ？

その疑問の答えを摑《つか》むために、トーマは行動を開始する。

◇◇◇

屋敷の人間を全員集めたトーマは、彼らに向かってハッキリ伝える。

「みんな思い出してくれ！　この屋敷にはもう一人いた！　錬金術師のアメリアがいたんだ！」

「アメリア？」

「主様？　いきなり何を言ってるんだ？」

「忘れているだけなんだ。大切だったはずだ！　彼女のおかげでこの地は生まれ変わった。いいや、生まれ変わろうとしていたんだよ！」

トーマは叫ぶように伝える。必死に、ほんの少し涙目になって。感情的になりながら、思いをぶつける彼を見て、シュンやイルも深く考える。

「アメリア……」

「アメリア……リア？　姉さん？」

彼らは忘れているだけで、記憶の奥底には眠っている。彼女と共に過ごした時間が、近くにいたからこそ、完全には失われなかった。

否、ある人物の想《おも》いが、予想外の奇跡を起こし守られていた。

そうして深く沈んでいた記憶は、たった一言をきっかけにして掬《すく》いあげられる。

「アメリア……そうだ。彼女だ」

「リア姉さん！　なんで忘れちゃってたんだ？」

「よかった……思い出してくれたんだな」

トーマは心からホッと安堵する。もしも覚えているのが自分だけなら、ここから先の記憶にはたどり着けない。そんな不安があった。

彼らも忘れているだけで、アメリアと共に過ごした時間は幻なんかじゃないと確信する。

「俺もついさっきまで忘れていたんだよ。けど思い出した。彼女が師匠のために作ってくれたサクラの木があるだろ？」

「サクラ……ああ！　庭にある大きな木か」

「そうだよ。あれを作ったのもリア姉さんだったじゃん！」

「ああ」

記憶は次々にほつれていき、より鮮明になっていく。彼らの頭の中ではすでに、アメリアの表情や仕草、彼女と交わした言葉を思い出せるようになっていた。

「思い出せないのは最近のことだ。どうしてこの土地は蘇《よみがえ》ったんだ？　俺が思い出した記憶通りなら、戦争の影響で世界は……」

「――その話なら私もできる」

ふいに部屋の窓のほうから声がして、風と共に彼女は現れる。最初に声をかけたのはシュンだった。

「シズク！　戻っていたのか」

「うん、ついさっき。それでトーマの話を聞いて思い出した。アメリアのこと」

「そうか。お前も思い出せたんだな」

安堵するトーマに、シズクは小さく頷《うなず》く。みんな、名前を聞くというきっかけを得て、彼女のことを思い出していく。

そして一人、また一人と記憶の共有者が増えていくことで、徐々に薄れていた最近の記憶を思い出していくようになる。

「そうだ。アメリアが何かしてくれたんじゃなかったか？」

と、トーマが言う。それに答えるようにシュンが言う。

「そうだったか？　正直すまないが、お前が倒れて動けなくなっていたところまでしか記憶にないんだ。その後にアメリアと会ってないんだと思う」

「あたしも！　リア姉さんを最後に見たのって、もしかして主様だけなんじゃない？」

「頑張って思い出して、トーマ」

みんなの視線がトーマに集まる。それは一縷《いちる》の望みだった。もはや彼にしか、アメリアの最期を知る者はいないという確信が彼らにはある。

そうして期待を注がれることで、彼の中に封じ込まれていた記憶の核心が爆発する。そうして彼は真に思い出す。

「ああ……そうだ」

なぜサクラの木に触れて思い出せたのか。そこが彼女の最期だったからである。

「あのサクラの木の下で……俺はアメリアと話した。消えていく彼女に……手を伸ばしたんだ」

けれど、その手で彼女を掴むことはできなかった。サクラが散りゆき、記憶もなくなり、流れた涙の意味も忘れてしまっていた。

それこそが――

「代償だよ」

「え？」

トーマたちは声を聞く。その声を聞き間違えることなどありえない。彼らにとって恩人の一人、もう二度と会えないと思っていた人の声を。

トーマとシュンは顔を見合わせる。

「おいトーマ」

「ああ、今の声は……師匠？」

「ようやく答えてくれたね」

大国の戦争から多くの命を救った英雄。彼らの師匠、森の魔法使いエルメトスの声が彼らの脳裏に響く。

その直後、トーマたちの身体《からだ》から光の球体がぽわっと生まれ、一か所に集まる。球体の集合体は形を変えて、見知った見た目に変貌する。

「やぁ、みんな久しぶりだね」

「師匠！」

彼らが見たのは間違いなく、大魔法を使って死んだはずのエルメトスの姿だった。トーマは慌てて手を伸ばす。が、その手はすり抜けてしまう。

「これは……」

「すまないね。せっかくの再会だけど、触れることはできないんだ。私はもう、こちらの世界では故人だから」

エルメトスの姿は透けている。トーマたちも、目の前にいる彼の姿が半透明であることに気づき、ぐっと拳を握る。

「これは……なんですか？　あなたは……」

「エルメトスだよ。そこに間違いはない。今、君たちの前に立っているのは、私が残していった存在のカケラだよ」

「存在の……カケラ？」

「それはなんですか？　師匠は生きていたんですか？」

シュンの質問に、半透明なエルメトスは首を横に振って否定する。そう、彼はすでに死んでいる。

トーマたちが暮らす世界において、それは紛れもない事実だった。

しかし彼はトーマたちの眼前にいる。映像ではなく、意識があり、対話をすることだってできる。死人に口なし。そんな常識をも覆して。

「私は確かに死んだよ。肉体は、元々なかった私だけど、あの時に大魔法を使って魂も消費してしまった。あとのことをみんなに託してね」

「……でも、だったらどうして」

ここにいるのかと、トーマが問う。するとエルメトスは少しだけ照れくささそうに、申し訳なさそうにして答える。

「私はどうやら、寂《さみ》しがり屋《や》だったらしい」

「師匠？」

「耐えられなかったんだよ。君たちとの別れが。嫌だったんだ。託した先で君たちが苦しんだりするのが……だから見守りたかった」

エルメトスは語る。

大魔法の発動と同時に、彼は自身の魂を切り分けた。完全ではなく、魂の一部を切り落とし、必要な個数まで分割して、配った。

「配った？」

「うん。トーマたち……いいや、アメリアを中心とする人物、私と少なからず接点があり、この先の未来でアメリアやトーマと共に生きるであろう者たちの中に、私は自身の魂の一部を潜り込ませたんだ」

「そんなことが可能なんですか？」

「可能だったみたいだね。私も今際《いまわ》の際《きわ》の悪あがきだったから、上手《うま》くいくとは思っていなかったんだ。自分でもびっくりしたよ」

そう言いながら、エルメトスは気の抜けた笑顔を見せる。その様子に、緊迫していたトーマたちは少しだけホッとした。

「でも、そのおかげで君たちの役に立てたよ」

エルメトスは静かに、ゆっくりと語り始める。

「錬金術の代償で消えてしまった記憶は、本来蘇らない。そういう条件だから。けれど君たちは、私の魂が宿っていたから思い出せたのだろうね。私が彼女を覚えていたから」

「代償……師匠は知っているんですか？　どうしてアメリアだけがいなくなったのか」

「もちろん知っているよ。私は見ていたからね。彼女が起こした奇跡を、その代償に何を支払ったのかも。彼女は錬金術の力で世界を作り替えたんだ」

「世界を……作り替えた？」

突然語られるスケールの大きい真実に、トーマたちは固まり声も出せない。誰だって同じ反応になるだろう。

世界を作り替えるなんて空想の話でしかない。しかしそれは現実に起こり、みんなの記憶から忘れられてしまっている。

世界そのものを作り替え、人々に平和な日々を託した奇跡。その奇跡の代償こそが……。

「アメリアがいなくなった理由？」

「その通りだよ。奇跡には必ず見合うだけの代償が伴うんだ。魔法であれ、錬金術であれ、その法則は変わらない」

アメリアは世界を正しい形に作り替える。その代償として、自らの全てを差し出した。過去も未来も現在も、全ての中から自分を失う。

それは単純な死ではなく、完全なる消失である。

そう、トーマたちは理解してしまった。この世界のどこにもアメリアはいない。否、最初からアメリアという人間は存在しなかった。

そういう風に、世界が作り替えられてしまったことに。

「そんな……じゃあもうアメリアは」

「そうだよ。この世界には存在していない」

「……」

トーマを含むみんなが落胆する。忘れているだけならよかったと。もはや会うことはできない彼女に……が、ふと気づく。

エルメトスの言い方に違和感を覚えたのは、イルが最初だった。

「なんかさ？　その言い方って変じゃないのか？」

「イル？」

「この世界にはって何？　他にも世界があったりして」

それは希望的観測でしかない。だがトーマの脳裏には、一つの希望として浮かぶ。彼女と共に読んだ本の中にあった設定だった。

彼は思い出す。空想の物語を、二人で楽しんだ世界の話を。

「夜の世界……」

「存在するよ」

トーマの言葉にエルメトスが答え、肯定する。トーマの瞳に希望という名の輝きが灯《とも》る。

「師匠、それって」

「あるんだよ。君がどこで知ったのかはわからない。けれどある。ここではないもう一つの世界が、想像によって生まれる世界が存在する」

「ちょっと待ってくれ。話が見えてこない。なんで師匠はそんなことが言えるんです？　もう一つの世界なんて聞いたことがない」

「それはね？　私がその世界にいるからだよ」

「え？」

シュンは驚愕《きょうがく》し、エルメトスはニコリと微笑《ほほえ》む。

「どういう……ことですか？」

「正確には私ではなく、生まれ変わったもう一人の私……いいや、私の場合は自我も記憶もそのまだから、生まれ直したという表現が適格かな？」

「師匠？」

「ねぇトーマ、君はどこで知ったんだい？」

トーマはエルメトスの話に答える。アメリアが見つけてきた本の中に、夜の国を描いているものがあったことを。

それを聞いたエルメトスは頷き、憶測を語る。

「それはきっと、心のどこかで覚えていた誰かが書き記したんだろうね。きっとその誰かと私は同類だったのだろう」

「師匠、世界はもう一つ、本当にあるんですか？」

「ああ、私が保証しよう」

「じゃあ、アメリアは……」

エルメトスは小さく頷き、続けて話す。

「こっちにいるよ。全てを忘れて、新しい一人に生まれ変わった彼女が」

「全てを……忘れて？」

「それも含めて錬金術の代償だったんだよ。みんなに忘れられる。この世界で生きた記録から消滅するということは、自分の中にも何も残らない。だから彼女は覚えていないよ」

　エルメトスは語る。

もう一つの世界で生きている彼女は、トーマたちが知る彼女ではない。生まれ直し、新たな人生を歩んだ別の誰かだ。

見た目はアメリアと同じで、性格や話し方は一緒でも、彼女の中にはアメリアとして歩んだ記憶がなくなっている。

　そしてそれはもう……。

「戻ることはないだろうね。完全に消滅してしまった記憶を戻す術はない」

「……彼女はどうしているんですか？」

「普通に暮らしているよ。優しそうな両親と一緒にね」

「そう……ですか」

　アメリアは今、どこか別の世界で新しい人生を送っている。それで幸せなのだとすれば、邪魔をすべきではない。

　そういう感情がトーマの中に生まれる。けれどそれを否定するように、もう一度彼女に会いたいという願いは捨てられない。

「でもね？　時折彼女は寂しそうな顔をしているんだよ」

「寂しそうな？」

「うん。私はまだ彼女と話をしていない。話をするのはこれからだ」

二つの世界で流れる時間は、多少のずれはあっても基本的には同じである。今、こうしてトーマたちと話しているのは、アメリアと接触する少し前のエルメトスだった。

魂の一部となったエルメトスは、本体である異なる世界の自分と繋《つな》がっている。故に記憶も、感情も理解できる。

あちらの世界にいる自分が、もう少しでアメリアと再会することもわかっていた。だからこそ、このタイミングなのだ。

「私はね、トーマ。彼女も同じ気持ちだと思いたいんだよ」

「同じ……」

「たとえ記憶がなくなっても、忘れてしまっても、彼女は彼女なんだ。私たちが知っているアメリアのままだと思いたい。彼女の魂は同じだ。ならばその奥底に、君たちに会いたいという思いがあるのだと」

「——！」

もし、エルメトスの話が事実だとすれば、彼女は忘れていても覚えている。否、消えてしまった記憶は戻らない。

それも記憶ではなく魂が、大切なものを忘れずにいるのだとしたら……。

「俺は……会いたい」

トーマは涙をこぼす。ずっと堪《こら》えていた悲しみが、会いたいという思いのふくらみによって爆発してしまった。

トーマは本音を漏らす。

たとえ自分のことを忘れてしまっていても、異なる世界で幸せに生きている今があっても、それでも会いたいのだと。

「俺は彼女が好きだ。どうしようもなく……大好きなんだ。記憶から抜け落ちている間、ずっと心に大きな穴が空いている気がした。俺にとって彼女はもう、心の一部なんだよ」

「トーマ……」

涙を流すトーマの肩を、シュンがそっと支える。アメリアに対する強い想い。誰にも負けないその想いがあったからこそ、彼は思い出すことができた。

彼の想いに触れたおかげで、他の者たちも思い出すことができた。

「それでいいんだよ、トーマ」

「師匠……」

「それでいい、いいや、そう言ってくれることが救いだ。トーマ、君は彼女を諦めたくないと思えるんだね？」

「っ……」

トーマは涙を拭う。エルメトスの質問に、真剣に答えるために。

「もちろんです。俺は彼女にもう一度会いたい。そのためなら何だってする覚悟があります」

「方法がなかったとしてもかい？」

「その時は捜します。何年……何十年かかろうとも、見つけてみせる」

「……ふっ」

エルメトスは笑う。彼の本気の想いを、覚悟を耳にして安堵するように。そうして今度は、トーマ以外にも語り掛ける。

「君たちはどうなんだい？　彼女を、アメリアをどうしたい？　シュン」

「俺は……正直まだピンときてないですよ。彼女のことを思い出しても、またすぐに忘れてしまいそうな気分です」

「そうなるかもしれない。彼女が支払った代償は継続している。私が君たちの中から消えれば……もしくは時間が経《た》てば、完全に忘れてしまうだろう」

「……そんなの嫌だよ！」

答えたのはイルだった。彼女の瞳からは涙がにじんでいる。

「せっかく思い出せたのに！　リア姉さんのこと忘れるなんてできるかよ！　リア姉さんのおかげであたしらこうして生きてるんだろ？　だったらお礼を言わなきゃダメじゃんか！」

「イル……ああ、そうだな。俺もそう思う」

シュンは微笑みながら、涙で瞳を赤くしたトーマと目を合わせる。

「やっぱり、トーマの隣にはあの子しかいないよな」

「ああ、それ以外考えられないよ」

「シズクは？」

「シュンと同じ意見。私も思い出せた。アメリアといろんな話をしてお友達になって、あの時間は私にとっても特別だから」

忘れてしまうなんて悲しい未来、絶対に嫌だとシズクも宣言する。エルメトスはその様子を見守りながら思う。

こうなることを全て予測したわけじゃない。彼らが思い出せたのは奇跡に等しい。世界に影響するほどの代償に抗《あらが》えたのは、紛れもなく彼らの内にある強い想いだ。

「私の記憶はきっかけでしかなかった。思い出してくれた時点で、気持ちはちゃんと伝わっていたんだね」

エルメトスは心からホッとしていた。

「師匠」

トーマに名前を呼ばれて、彼らと目を合わせる。

「アメリアを取り戻す方法を教えてください」

「ああ、それについてはこれからだよ。私が知り得た情報を君たちに伝える。残念ながら私だけでは考えられなかった。だからどうか」

共に考えてほしい。彼女を取り戻すための方法を。

エルメトスはそう語り、トーマたちは黙って力強く頷いた。彼女のためになんでもする覚悟、それは比喩ではなく、固い意志である。

「でも、君たちだけではダメなんだ。肝心の彼女がそれを望んでいなければ、話をするだけ無駄になってしまう」

「それは……」

「だからどうか、祈っていてほしい。いいや、信じてあげてほしい。彼女の中に、君たちと過ごした時間があることを。記憶ではなく、心にそれはあることを」

◇◇◇

舞い散るサクラの木の下で、私は不思議な出会いを果たす。

「アメリア……？」

「そうだよ、それが君の名前だ」

「私は……」

私の名前はアリシアだ。お父さんとお母さんに貰った大切な名前を間違えるはずがない。だけど、なぜだろう。

アメリアという名前を聞いた途端、胸の奥がざわつく。絶対に違うと否定できない気持ちになって、頭の中が混乱する。

そんな私に不思議な雰囲気の彼は言う。

「混乱するのも無理はないよ。今の君は確かに、私が知っているアメリアとは違う。けれど同じ魂をもっている」

「魂？」

「生まれ変わったんだ。奇跡を起こした代償を支払い、あちらの世界で全てを失うことで」

「世界……何の話を……しているんですか？」

問いかけながら、私は思い浮かべる。あの本に書かれていた内容を。世界は二つあって、近いけど遠い場所に、異なる人たちが生きている。

誰かが描いた想像の世界。それはまるで……私が今いる世界と同じ。

「私は君がアメリアだと知っている。けれど君は忘れてしまっている。というより、最初からなかったことにされている。『●●●』と一緒に過ごした時間を全て」

「っ――」

声が、言葉が聞こえなかった。その一部だけが、ガラスが割れるような音と共にかき消されてしまった。

頭痛がして、咄嗟《とっさ》に頭を抱える。

「今のは……」

聞こえなかったのに、それが誰かの名前であることだけはわかる。理解できないままなのに、どうしてこんなにも知りたいと思うのだろう。

「そうか。やはり思い出すことを否定されるんだね。それも君が選んだ代償なのかな？」

「エル……メトスさん？」

「そうだよ。私の名前が問題なく伝わるのは、私がもうあちら側の人間ではなくなってしまったからだろうね。悲しいような、少しホッとしているような……複雑な気分だよ」

そう言って彼は微笑む。この妖艶な笑顔も、どこかで見たような気がする。こうして話すことも初めてなはずなのに。

わからない……わからないけど。

「あなたは……私のことを知っているんですか？」

「うん、知っているよ。君が本当は誰なのか。どうしてこの世界で生きているのか。おそらく君がずっと抱えている疑問の答えもね」

「私は……」

ずっと考えていた。お父さんとお母さんとの生活は幸せで、これ以上ないくらい大切な時間なのに、どこか欠けていると。

こんな日々は夢みたいだと思っていた。漠然と、ここではないどこかを想像したことだってある。

今日まで押し殺してきたけど、彼と話して疑問はより膨らむ。

「アメリア、君には選んでほしいんだ」

「選ぶ？」

「うん。君はこうして生まれ変わった。こちらでの生活も嘘じゃない。ちゃんと君が生きた証《あかし》は、この世界にもある。だけど……」

話しながら、彼はサクラの木に触れる。どうしてだろう？

あのサクラを見ていると、今は遠い昔に、同じ光景を見たような気がする。そしてこうも思うんだ。私が……この木を作ったのだと。

「もしも君の中に、彼らと会いたい。あちらの世界への思いがあるのなら……この世界ではなく、もう一つの世界と繋がる意志があるのなら、私はそれに協力したいんだよ」

「……」

正直、話は難しくて上手に理解できていない。世界のこととか、自分のこととか、わからないことが多すぎて混乱気味だった。

だけど、抱えている不安や悩みを自分の中から引っ張り出して、自分自身に問いかける。

私は今、どうしたいのか。何を求めているのか。今の私は……本当に心から幸せだと言えるのだろうか。

「……足りないと思っているんです」

「何がだい？」

「わかりません。本当に何もわからないのに……でも、会いたい人がいた、気がするんです」

そうだ。絡まっていた糸が解《ほど》けるように、私は一つの本心にたどり着く。誰かなんてわからないけど、私にはいるんだ。

世界を超えてでも、自分を捨ててでも、大切だったはずの人が。その人のことを想うと、不思議と涙が溢《あふ》れてくる。

「会いたい……会いたいんです」

忘れてしまった誰かに会いたいと、私の心が涙を流していた。

「その言葉が聞けて安心したよ」

エルメトスさんは微笑む。

私は生まれて初めて、自分の本心と向き合えたような気がした。心から涙を流したのも、これが初めてだったかもしれない。

第七章 たった一つの価値ある命 ——— Chapter Seven

エルメトスは目を瞑《つぶ》る。

瞼《まぶた》を開けた先にはトーマたちがいて、彼の反応をじっと待っていた。異なる世界に存在する自分自身との交信を終え、エルメトスは微笑《ほほえ》む。

「よかった」

「師匠？」

「トーマ、彼女は選んだよ。記憶は何一つ残っていないのに、君に、君たちに会いたいと。涙を流してくれたよ」

「――――！」

トーマは身体《からだ》を震わせる。情けないとわかっていても、瞳から溢《あふ》れる涙は止められない。トーマの肩をトンとシュンが叩《たた》き。

「よかったな、トーマ」

「……ああ」

たとえ記憶の中には残っていなくとも、共に過ごした時間は確かに存在して、なかったことにはならない。

彼らは遠く離れた地で、そのことを実感する。

「さて、ここからが本題だよ」

エルメトスが彼らに呼び掛ける。その声に反応して、トーマは涙を拭い真剣な表情で答える。

「はい。アメリアを取り戻す方法を考えましょう」

「うん。その前に、私が知っている情報を全て、君たちに伝える。この世界ともう一つ、なぜ二つに分かれてしまったのか。もう一つの世界とは何なのか。君たちも知る必要がある」

「もう一つの世界……本の中の設定じゃなかったんですね」

「そうだよ。世界は二つ存在している。けれど厳密には、二つの世界は同じじゃない。君たちの世界を現実とするなら、こちらは夢だ」

エルメトスは語り、トーマたちは聞き入る。異なる世界側では、エルメトス本人がアメリアに同じ話を聞かせている。

アメリアを取り戻す上で、世界の成り立ちを知ることは必須だとエルメトスは考えていた。なぜならそこに、錬金術師という唯一の才能が関係するから。

「私たちは夢を見ている。いろんなことを、物事を想像する。その想像が現実になることはない。だけど、こちらの世界ではそれが起こる。想像を現実に変えてしまう力を、誰もがもっている」

「想像を？　それはまるで――」

「ああ、そうだね、トーマ。まるで本物の魔法みたいだよ」

魔法とは魔力を用いて、現実に様々な現象や効果を起こすことである。そこには法則があり、原理があり、才能がある者は学ぶことで習得できる。

しかし、誰もが魔法を使えるようになるわけではなかった。人は皆、生まれた時点で必ず魔力をその身に宿している。ただし、その量には個人差がある。

「魔力が弱い者は魔法を学んでも使えない。俺やトーマは人より多かったから、師匠に教わることで魔法が使えるようになった」

「そうだよ。君たちには才能があった。そういう才能を持つ者だけが魔法を使うことができる。では、ここで基本に立ち返ろう。魔力とは何かな？」

エルメトスの問いかけに、誰も答えることができない。なぜなら、誰も知らないから。魔力の本質、その正体など誰も知り得ない。

長く研究され続けているが、明確な回答はなく、人間の内に眠る未知の力であると結論付けられている。

「私は知っているよ。いや、こちらの世界に戻ってきて、真実を知らされた。魔力というのは、人間の中にある想像力なんだ」

「想像力……」

「そう。現実を変えてしまうほど強い想像力。それが魔力の正体であり、想像力こそが魔法の源だった。そしてそれは、こちらの世界の根幹でもある」

エルメトスは続ける。

もう一つの世界、それは想像によって生み出された世界だった。比喩ではなく、事実である。

今から何千年も昔、世界はもっと乱れていて、至るところで戦争が起こっていた。戦争の理由なんてバラバラだ。

戦争の中心にいたのは、魔法使いと呼ばれる者たちだった。彼らは魔法を行使し、剣が一人斬る間に、魔法で何十人と吹き飛ばす。

魔法はまさに、争いに適した力だった。けれど魔法使いたちはそれを否定した。魔法とは想像力の具現化だ。

初めて生まれた魔法使いの一人が、魔法の在り方について疑問を呈し、他の魔法使いたちもそれに賛同した。

けれど戦火は広がっている。魔法の力に頼り、多くの命を散らし、人が住める場所すら奪い苦しみが広がる。

このままでは人の世は壊れてしまう。話し合いをする時間も、心の余裕もすでになく、人々は疲れ切っていた。

だから彼らは、原初の魔法使いたちは――

「世界を分けたんだよ。魔法使い……人よりも強い想像力を持った者たちが暮らす世界と、そうではない者たちの世界に」

エルメトスは語る。原初の魔法使いたちは、とりわけ強大な想像力を有していた。魔力の源は想像力であることを理解していた彼らは、もう一つの世界を想像した。

それこそが、現代に至るまで続くもう一つの世界。想像によって生まれた世界は、そこに暮らす人々の想像力によって維持されている。

二つの世界は隣り合わせのようで隣接はしていない。コインの裏と表のような関係で、近くにあっても交わることはない。

ただし一度だけ、満月の夜にだけ二つの世界は繋《つな》がる。満月がもっとも高く昇った瞬間、雲一つなく、星々の輝きすら消し去るほどの光を放つ。

「私はね？　本来はあちらの世界で生まれるはずだったんだよ」

「どういうことですか？　師匠」

「私は生まれながらに魔法の使い方を知っていた。それは普通のことじゃない。君たちは以前、それを特別だと言ってくれたね？　なんてことはない。その特別は、私が生まれる世界を間違えたからなんだよ」

話しながらエルメトスは優しく微笑む。

時折、そういうことが起こる。満月の夜、限られた条件下でしか繋がらない世界。しかしそのタイミングが重なった時、本来あちらの世界で生まれるはずだった命が、トーマたちがいる現実の世界にやってくることがある。

つまり、エルメトスは満月の夜に生まれ、世界を渡った命だった。それ故に、トーマたちがいる世界で命を落とした彼は、本来生まれるべきだった世界へ舞い戻った。

「だから私は、厳密には死んでいない。私はただ戻っただけなんだ。そういう道のりを進んだおかげで、私は君たちのことを覚えていられる。これは奇跡と言ってもいい。私は今、心から自分の存在を肯定できる」

もしも仮に、エルメトスが三百年前の戦争に何かしらのけじめをつけ、真っ当な一生を終えていたとしたら。

大魔法なんて使うことなく、今も変わらずこの世界に残っていたら。誰もアメリアの消失に気づくことはできなかった。きっかけすら与えられず、漠然とした喪失感に苛《さいな》まれながら、この先の長い人生を生きていただろう。

そうならなかったのは、小さくも確かな奇跡が重なったからに他ならない。一つでも選択が異なれば、このチャンスは訪れなかった。

エルメトスは呟《つぶや》く。自分が生きている意味を知りたかったと。後悔ばかりの人生でようやく、彼は自らの生に意味を見出《みいだ》した。

「ここでこうして君たちと語り合う。これまで含めて、私の人生の意味だったのだと思う。君たちの未来を見守るだけじゃ、どうやら私は満足できないらしい」

「師匠……」

「そうだよ、トーマ。私は君たちの師匠なんだ。だから最後まで、師匠らしくありたいと思っている」

「何を今さら。師匠はいつだって、師匠らしくて格好よかったです」

トーマの一言に、シュンも頷《うなず》いて同意する。彼らにとってエルメトスは恩人であり、憧れの存在でもあった。成長し、大人になった今でも変わらない。

彼らはいつだって、尊敬する師匠の背中をキラキラした瞳で見つめていた。

「ありがとう。そんな君たちの師匠になれたことを誇りに思うよ。そして君たちの中に眠る想像力にも感謝しよう」

想像力こそが魔力の源。トーマたちはエルメトスと異なり、純粋にこの世界に生まれた命であり、もう一つの世界との繋がりはない……わけじゃない。

世界が二つに分かれる際、全ての魔法使いが旅立ったわけではなかった。一部の魔法使いたちには家庭があり、守りたい人たちがいた。

それ故に、世界を渡ることなく残った者たちも少なからず存在した。彼らの子孫には、継世の想像力が残っている。

時代を超えて、長い歴史の中で血は薄れゆき、その想像力の一部は現代に継承されている。要するに、現代で魔法が使える者たちは、かつてこちらの世界に残った魔法使いたちの末裔《まつえい》である。

ここまでの話をエルメトスから聞き、トーマたちは納得する。と同時に、一つの疑問が浮かび上がる。

魔法使いという存在の理由は明らかになった。だが、それなら錬金術師はどうなのかと。

彼らも並外れた力を持っている。けれどそれは、魔法とは似て非なる力である。

「師匠、錬金術師も同じなんですか？」

「そうだけど、少し違うよ。彼らはより特異な存在だ」

「特異、ですか」

「うん。彼らのことを一言で表すなら、そうだね。異なる世界と繋がる権利を持った者たちだよ」

本来、異なる世界は特定の条件下でしか繋がらない。満月の夜、月がもっとも高く昇る時間帯であること、そしてもう一つ。

異なる世界を認識するだけの想像力を有していること。この最後の条件に当てはまる人間は非常に稀《まれ》だった。

たとえ才能を持つ魔法使いであっても、異なる世界の存在を認識する……もしくは期待している者でなければ、それを望まなければ見ることは敵《かな》わない。

かつてアメリアとトーマが異なる世界とわずかに繋がった理由は、彼らが異なる世界の存在に期待し、それぞれが必要な想像力を有していたからである。

ただし、異なる世界には例外が存在する。それこそが錬金術師、こちらの世界に通じる道を渡る権利を与えられた唯一の存在。

彼らが扱う錬金術とはすなわち、世界間の物々交換だった。

「こちらの世界で素材を用意する。錬成陣という門を開き、異なる世界と繋がることで、あちらの世界の想像力を借りるんだ」

想像の世界で、想像することで様々なものを作り出すことができる。その力の一部を借り受け、異なる世界で作りたいものを想像し、こちら側の世界へと召喚する。

代償として必要な素材と、想像力である魔力の一部がもう一つの世界へと送られる。それこそが錬金術の原理であり、真実である。

トーマたちは純粋な驚きから目を丸くしていた。

「どうして、そんな人間が生まれたんですか？」

「さぁね。それは私にもわからない。世界を想像した最初の人たちの気持ちだけは、こちらの世界に来てもわからなかった。これはただの予想でしかないけれど、錬金術は彼らの心残りだと思っているよ」

「心残り？」

「そうさ。世界を渡ると決めた彼らにも、こちらの世界で紡いだ関係が、絆《きずな》があった。それを置き去りにしてしまう後悔。自分たちがいなくなることで起こる未来の全てを案じた。だから錬金術という形で、この世界の人々の未来を支えようとした……のかもしれない」

全てはエルメトスの憶測でしかない。真実を知る者はすでにいない。長い時間の中で想像力を使い果たした人間は、あちらの世界では消えてなくなる。それがもう一つの世界における終わりであり、消えた者は再び新たな命として蘇《よみがえ》る。

否《いや》、生まれ変わる。まったく違う別の人間として。新たな想像力を有して。

エルメトスやアメリアのように、本来の流れから逸脱した終わりを経て、第二の人生を歩む者たちも存在している。

◇◇◇

「それが……私？」

「うん。これまでが世界の秘密と、君に宿っていた力のお話だよ」

「……」

「あまりしっくりこなかったかな？」

そんなことはなかった。エルメトスさんの話は不思議とすんなり理解できてしまった。とても突拍子もない話なのに、なぜか説得力があった。

きっとそれは、私の中にあった疑問が関係しているのだろう。ここは私が生きるべき世界じゃない。そんな予感が少なからずあったから。

「さて、ここまでが前置きで、どうするかを話し合う前に、君に渡しておきたいものがあるんだ」

「渡しておきたいもの？」

エルメトスさんはゆっくり優しく頷く。

「君は今、かつての記憶を完全に失ってしまっている。けれど失った記憶は思い出だけで、あちらの世界で得た知識は残っている。そうだね？」

「はい、たぶん……自分でも不思議に思っていたんです」

お父さんやお母さんが知らないことを、私はいつの間にか知っていた。新しいものを生み出す想像の助けにもなっていた。

素材を連想し、その成分や特徴を考えて、それらを合成して新たな形に作り替える。それはエルメトスさんが語ってくれた錬金術の考え方だった。

私は無意識に、かつての自分が使えていた力を模倣していたのかもしれない。

単純な想像力だけじゃなかった。私は最初から、この世界にはなかった知識や経験を知っていて、それらを応用していたようだ。

「エルメトスさんの話を聞いてスッキリしました。私の中にある知識は、私が忘れてしまった自分が持っていた知識なんですね」

「そうだよ。君はとても頑張り屋さんだったから、向こうの世界でも物知りだった」

「そうなんですか」

なんだか少し恥ずかしいと思った。お父さんやお父さんに頑張りを褒めてもらう感覚とは少し違っている。なんだか懐かしい感覚だ。

「君には知識がある。けれどそれに付随するあちらの世界の記憶はなくなってしまった。それでは君の思考、想像力は不完全だ。これから起こす奇跡のためには、君の思考が必要になる。これまで多くの奇跡を起こしてきた君の力が」

「私の……」

「そのために今から、君に記憶を渡そう」

「記憶を？　エルメトスさんの記憶ですか？」

彼は首を横に振り、私の胸を指さす。

「渡すのは君のことだ。私が知っている君の情報。君と出会い、別れるまでに見て、聞いて、感じたことの全てを渡す。そして私が去った後、君の中にも私の魂の一部はあった。君の最期の瞬間の記憶は、そのまま渡すことができるよ」

私の最期……かつての私が何を成して、どうしてこの世界に生まれ直したのか。すでに大枠の話は聞いている。

自分の話のはずなのに、どこか物語の中の出来事のように感じてしまうような、大きすぎる奇跡のお話だった。

私は錬金術を使って、荒れ果ててしまった世界を作り替えた。その代償に、アメリアという存在全てを犠牲にしたらしい。

「私に……そんな覚悟ができたのかな……」

「その答えを今から渡そう。自分で見て知るんだ。君が起こした奇跡を、君がどれほど世界にとって、彼らにとって必要な人だったのかを」

トン、と、エルメトスさんの指がおでこに当たる。

その直後だった。私の中に記憶が流れ込んでくる。濁流のように荒々しく、エルメトスさんが知る私の表情、言葉、行動の全て。

そうだ。私は確かにアメリアだった。孤児院で育ち、錬金術の力を見出されて貴族の養子に迎え入れられ、結局は居場所を失ってしまった悲しい過去。

だけどそんな私を、すくいあげてくれる人がいた。

「……名前が……」

思い出せない。彼の顔も、言葉も表情も、なぜだかすっぽりと抜けてしまっている。他の人たち、シュンさんやイルちゃん、シズクのことはハッキリと見えるのに。

私の最期の瞬間、泣いてくれた誰かがいたはずだ。その人が生きる世界を守りたくて、私は自分を犠牲にしてでも世界を作り替えた。

そこまで思い出せて、ここまで近づいているのに、彼のことだけが思い出せない。苛立《いらだ》ちと悲しみから、涙が流れ落ちる。

「どうして……この人のことだけ思い出せないの……？」

「●●●のことかな？」

「――聞こえないんです。その名前だけが」

「それはきっと、彼のことが一番大切だったからだろうね」

エルメトスさんは語る。憶測でしかないけれど、と前置きをして。

「君は自分の全てを失う代償を選んだ。それによって世界から、アメリアという存在が消えてしまった。ただ消えるだけじゃない。君が残した記憶も、記録も、過去も未来も全て消える。最初からいなかったことにされてしまう」

そう、そんな恐ろしい代償を選んでさえ、自らが消えてしまうことを覚悟した上で、かつての私は最後の錬金術に挑んだ。

私は涙を拭いながら呟く。

「凄《すご》い……」

「そうだよ。君はとても凄い女の子だった。そんな君だから、優しすぎて、頑張り屋さんな君だから、私も彼らも放っておけないんだ。また会いたいと思うんだよ」

「……」

恥ずかしさと、嬉《うれ》しさが交じり合って頬が緩む。

エルメトスさんは続けて語る。

「代償の効果は絶対だ。私という例外があって、彼らは君のことを思い出せた。けれど代償を支払った君自身は、より強く影響を受けている。私の記憶で補填《ほてん》しても、実際に思い出せたわけじゃないだろう？」

「……はい。思い出せてはいません」

あくまでエルメトスさんの記憶を知り、これが私なんだと認識しただけだ。それをきっかけに全てを鮮明に思い出すとか、そんな奇跡は起こらなかった。

「代償を支払った君の中にはもう記憶がない。それどころか、新たに取り戻そうとしても、代償による妨害が入る。特に君にとって大切な記憶、繋がりは、私から伝えることすら困難なのだろうね」

「……それじゃあ私は……」

思い出したいと願う大切な誰かの名前すら、この先思い出すことができないというの？

そういうものだと理解する。私はまるで自分のことのように納得してしまう。これこそが、私の選んだ代償なのだと。

私自身の全てをかけるというのは、そういうことなのだ。生まれ変わった今の私にさえ、大小の効果は継続している。

エルメトスさんの話を聞きながら落胆する。

「今はそうかもしれない。けれど君があちらの世界に戻ることができれば、この状況は変わるだろう」

「本当ですか？」

「憶測だけどね。記憶も全て元通りになってハッピーエンドが理想だよ。けれどそう簡単にはいかない。もしかしたら、記憶は戻らないかもしれない。そのことも覚悟はしておいてほしい」

「……」

私がアメリアとして生きた記憶は世界から消失してしまった。代償として支払ったものを取り戻すことが可能なのかわからない。

その方法も一緒にこれから考えようと、エルメトスさんは言ってくれる。それでも思い出せなかった時は……ううん、いいんだ。

「思い出せなくても、大切なその人ともう一度会えるんですよね？」

「ああ、そのための方法を考えるんだ」

だったらきっと大丈夫。もしも全て忘れていても、大切なら繋がりをもう一度作ればいい。彼なら……名前も覚えていないその人なら、そう言って笑ってくれる気がした。

エルメトスさんが私に尋ねる。

「具体的にどうするか。君の意見を聞かせてくれないかい？」

「私の意見でいいんですか」

「もちろん。というより君の意見が大事なんだ。何をするにしても、これから戻るのは君自身だからね。方法は別として、必ず君の想像力が必要になる」

「想像力……」

例えば私がこちらの世界で望めば、元の世界に戻ることができるだろうか。少し考えて、それは不可能だと結論付ける。

なぜなら私は、その方法を想像することができない。今の自分が、元の世界に戻るための明確なイメージが湧かない。

想像が現実になるこの世界において、想像の正確さはとても重要な要素だ。より鮮明に、確かな光景を想像できなければ、現実は変えられない。

そもそも私自身、元の世界で普通に生活するという未来が上手《うま》く想像できなかった。これも含めて代償なのかもしれない。

そう、代償だ。

かつての私は荒れた世界を作り替えるために錬金術を使用した。世界を変える代償で、私は私の全てを失った。

もしもその代償を覆す方法があるのだとしたら……。

「錬金術しかないと思います」

「――やはりそうなるね」

エルメトスさんは頷き、自分も同じ考えに至ったことを明かす。あえて私に考えさせたのは、私が見つける必要があったからだとも。

「錬金術で支払った代償は、錬金術でのみ取り戻すことができる。私もそう考えてはいる。ただその方法は、私たちだけでは成し得ない。なぜなら――」

「この世界に、錬金術はないからですか？」

「そうだよ」

エルメトスさんは小さく頷く。

この世界は想像を形にする。それは全てが錬金術であり、特別な力も方法もいらない。この世界の中だけで完結する力だ。

エルメトスさんが教えてくれた錬金術の原理は、異なる世界と繋がることで、こちらの世界の想像力を借りて、新たな何かを生み出すこと。

つまり錬金術の根幹は、ものを生み出すことではなくて、世界と世界を繋ぐ力なのだ。私もかつてはその力を持つ一人だった。

けれど、最後の錬金術の代償でこちらの世界にやってきたことで、世界を繋ぐ錬金術師としての力は喪失してしまっている。

別の表現に直すなら、私は世界に通じる扉を知っているけど、その鍵をなくしてしまって開けられない。

「私もそれは同じだよ。元より私はただの魔法使いだった。それも、こちらの世界ではありきたりな力でしかない」

エルメトスさんは言う。この世界では全ての人間が等しく魔法使いなのだと。

「君も私も、人より優れた想像力は持っている。だから、あちらの世界に繋がる入り口を想像することができるはずだ」

「できるんでしょうか……私には上手く想像できなくて」

「私が手伝うよ。私はどちらの世界も認識できている。私の想像力と君の想像力、二つを合わせれば実現は可能だ。そしてあちら側にも、錬金術師が必要だ」

私を連れ戻すために、錬金術師の力がいる。世界を繋ぐ力を持つ人物の協力がなければ、いかに入り口を作っても開くことがない。

ただ、今エルメトスさんが話しかけている人たちの中に、錬金術師はいなかった。

「そこについては心配はいらないよ。一人、協力してくれそうな錬金術師がいる。彼女ならきっと、力を貸してくれるはずさ」

「彼女?」

「君もよく知る人物だよ。時間だけなら、君が一番大切な人よりも長く関わっている」

「それって……」

エルメトスさんから受け取った記憶の中に、一人だけ心当たりがある。私、アメリアには妹がいた。血の繋がらない妹が一人……彼女も錬金術師だった。

あくまで知らされただけの記憶だ。その中で私たちはあまり、仲のいい姉妹とは呼べなかった。

「協力……してくれるんでしょうか」

「してくれるさ。彼女は変わったよ。君との関わりによって。だから今の彼女なら大丈夫さ。私たちはそう信じよう」

「……はい」

そう、信じる他なかった。

彼女以外に、こんなことに協力してくれる錬金術師は思い当たらない。だから信じる。彼女の中に少しでも、私に会いたいという気持ちがあることを。

◇◇◇

「それじゃ、入り口をそっちで作り、通るための許可はアメリアの妹、リベラの力を借りる。次に考えることは代償ですよね？」

「ああ、その通りだトーマ」

その代償こそがもっとも重要で、もっとも考えるのが難しいとエルメトスは彼らに語る。

奇跡と代償は天秤《てんびん》で釣り合わなければならない。人一人の存在を元通りにする。それには相応の代償が必要になるだろう。

加えて、彼女の存在はこの世界にとっても特別だった。

なぜなら彼女は――

「奇跡を起こした。自分という存在を使い果たし、世界をこうして作り替えた。彼女以外の誰も成し得なかった偉業だ。そんな彼女だからこそ、普通の代償では釣り合わない」

エルメトスは続ける。

例えば命は等価値だと考える者と、そうではないと考える者がいる。どちらも正解で、どちらも間違っている。

命とは等しく尊く大切なものだ。しかし、その命が世界にもたらす影響は同じではない。何ができるのか、何を成し得たのか。

人間として生きた時間に起こした奇跡の道のりが、その人物の価値を決める。少なくともこの世界にとっての価値はそうやって決まる。

ならば彼女ほど、この世界に大きな影響をもたらした命はないだろう。仮に同じ命を捧《ささ》げたとしても、彼女の命とは釣り合わない。

「もし、ここにいる全員の存在をかけたとしても釣り合わないと私は思っているよ。決して君たちの存在が劣っているわけじゃない。ただ彼女は特別だった。君たちにとってだけじゃない。この世界にとっても」

そうでなければ、世界を作り替えるという偉業に対して、たった一人の人間の存在だけでは釣り合わなかっただろうと彼は語る。

これまで彼女がもたらしてきた影響、救ってきた多くの人々。これから起こす奇跡の結果と、彼女が未来で成し遂げるはずだった偉業。

その全てを天秤に載せることで、世界の変革と釣り合った。それだけの価値が、彼女の存在そのものには詰まっている。

故にこそ、彼女の存在と釣り合うだけの大きな代償が必要になる。

腕組みをしながらシュンがぼそりと呟く。

「一番わかりやすいのは、彼女が消えた原因をそのまま代償にするとかだな」

「世界を元に戻すってことか？」

「ああ、それなら釣り合うだろ」

「……だけどそれは……」

彼女が作り替えた世界を元通りにする。確かにそれは彼女の存在と釣り合うが、トーマは積極的に肯定できなかった。

世界を元通りにするということは、戦争によって荒れ果て、壊れてしまった世界に戻すということになる。

それは前進ではなく後退を意味する。何よりも、アメリアが全てをかけて成し遂げた偉業を完全に否定する方法だった。

「シュン、それはダメだ」

「わかってるよ。一応言ってみただけだ」

「君たちの思いもわかる。私も、その方法はお勧めしない。仮に成功したとしても、アメリア自身が傷つく結果になっては意味がないんだよ」

「はい。だから他を考えましょう」

トーマたちは必死に考える。頭の中の知識と経験を全て動員して、最適な答えを導きだそうと努力する。

これまでアメリアがそうしてきたように、今は穏やかになった領地を、ここに住む人々のために知恵を振り絞った彼女の真似《まね》をする。

今度は彼女自身を助けるための努力を、この場にいる全員が惜しまず続ける。

しかし簡単なことではなかった。彼女の存在は、もはや世界の未来そのものに等しい。世界と天秤にかけて釣り合うものなど、すぐには見つからない。

「くそっ、何かないのか」

トーマは唇を噛《か》みしめる。こんな時、いつもアメリアが最適な答えを教えてくれていた。彼らはアメリアの力に、彼女の想像力に助けられてきた。

それを今さらになって強く実感する。

彼女の錬金術は特別で、世界すら作り替えてしまうような奇跡を起こせるほどだった。

「奇跡……そうか、奇跡だ」

「トーマ？」

「奇跡の代償は、奇跡が相応《ふさわ》しいと思わないか？」

「どういう意味だ？」

シュンが眉をひそめながら尋ねる。トーマは希望を見つけたような瞳で、無邪気に言う。

「錬金術だよ！　この奇跡は錬金術があったから起こったんだ！　だったら、奇跡を起こせる力そのものを代償にすれば釣り合うんじゃないか？」

「それって……」

「錬金術がこの世界からなくなるってことかよ」

イルも目を丸くして驚き、この場にいたみんなが同様の反応を見せる。だが一人、トーマの言葉を聞いて微笑む者がいた。

「……ふふっ、本当に、君たちは凄いよ」

「師匠？」

「離れていても、忘れてしまっていても、通じているものは確かにあるんだね」

そう言って優しく微笑み、エルメトスはトーマに言う。

「今、君と同じ答えに、彼女もたどり着いたみたいだよ」

「アメリアが？」

「ああ」

エルメトスは目を瞑る。その先に見えるのは、異なる世界で思考をめぐらす彼女の姿である。

◇◇◇

「錬金術という存在なら、釣り合うかもしれません」

「錬金術を、あちらの世界から消滅させるということかな？」

「はい。そうすればもう二度と、奇跡は起こりません。どんな困難があろうと、錬金術という奇跡に期待できない。世界と世界を繋ぐ権利の消失は、それだけの意味があると思います」

「なるほどね……そうか」

エルメトスさんはなぜか嬉しそうに微笑んだ。

「どうかしたんですか？」

「いいや、君たちは心で繋がっている。だからこういうこともあるんだね」

「えっと？」

「ちょうど同じ結論に、あちら側のみんなもたどり着いたみたいだ」

私がこちらの世界で考えているように、もう一つの世界でも、私を思い出してくれた人たちが考えてくれている。

そうして偶然か、奇跡なのか。私たちは同じ結論にたどり着いたらしい。

それを聞いた私の心は、ドクンと大きく脈動する。顔も名前もわからない大切な人を感じる度に、私は会いたい気持ちが強くなっていく。

でも……。

「そんなの無理ですよね」

「どうして？」

「だって、錬金術を代償にするってことは、世界から錬金術がなくなるってことです。きっとたくさんの影響が出ます。私個人のためにそんなこと……」

「何を言っているんだい？　その世界を守ったのは君なんだよ？　アメリア」

エルメトスさんの語りと同時に、緩やかで涼しい風が吹く。風に乗ってサクラの花びらが舞い、世界を華やかに彩る。

「君の存在には、君の人生には、それだけの価値があると私は思う。私だけじゃない。君を知る誰もが同じ気持ちなんだ」

「……私に……」

「だからね？　君はもっと自分のことを褒めてあげるといい。君は昔から、自分の努力を褒めるのは苦手だったみたいだね」

誰も認めてくれない。認めてもらえないのは私の努力が足りないからだ。期待してもらえているなら相応の結果を示そう。

倒れそうになるくらい頑張って、働いて、そうして自分を追い込んできた。知らないはずなのに、そうしていた自分が過去にいたような気がする。

エルメトスさんの言う通り、私は私を褒めることが苦手だった。自分に自信が持てないんだ。

こんな自分のために、みんなの生活が犠牲になるのは嫌だった。その本音を素直にエルメトスさんに伝える。

すると彼は、しばらく待ってほしいと言った。

「彼らの意見を聞こう」

エルメトスさんは目を瞑る。彼が見ている先には、私が会いたいと思う誰かがいるのだろう。どんな人なのだろうか。

私はよく知っていたはずなのに、何も思い出せないことが悔しかった。

そうしてしばらく待って、エルメトスさんは目を開ける。

「任せてほしいって」

「え？」

「アメリアの不安は、こっちでなんとかする。だから気にする必要はない。君はただ、君のやれることをやってほしい」

エルメトスさんは意識して、そう言ってくれた誰かの口調や仕草を真似たのだろう。懐かしさと切なさがこみ上げてくる。

目には見えなくとも感じられる。

私のことを想《おも》ってくれている誰かの心を、会いたいと思ってくれているのが、私だけではないのだと。

「……わかりました。信じます」

「うん、それでいいよ。君はもっと他人を頼りなさい。これからは特にそうしなくては駄目だよ」

「はい。頑張ります」

もしも私が戻れたなら、その世界にはもう錬金術はない。奇跡はもう起こらない。自分だけの力で解決することは難しい。

自分以外を信じて頼ること。それを躊躇《ためら》わないことは、私のこれからの課題になりそうだ。


それからエルメトスさんと具体的な日程について話し合った。

私たちの仕事は、こちらの世界で世界を渡るための入り口を作ること。そして世界との交信を可能にする日は、あちらの世界での満月の夜だ。

コインの裏表のような関係である二つの世界は、本来決して交わることはない。ただし満月の夜、決まった条件下でのみ重なり合う。

世界に影響を与える錬金術の使用は、当然ながら失敗するリスクもある。それ故に、もっとも世界が近づく時間に発動させることで、成功率を上げることになった。

「次の満月は一週間後だ。それまでは特にすることはない。自由にしていて構わないよ」

「はい。いろいろとありがとうございます」

「いいさ。これも私の役目だ。もし聞きたいことがあればいつでもおいで。私はここにいる。答えられることはなんでも答えよう。これがきっと、最後になるから」

「はい……」

エルメトスさんはこちらの世界から移動できない。彼の場合はすでに、一度死んでしまっている。死と消滅は異なる終わり方だ。

どちらの世界であろうとも、死んでしまった人間は蘇らない。想像を形にする力をもってしても、命を蘇らせることができない。

だから彼は一緒に行けない。そしてこの試みが成功すれば、世界を繋ぐ役割を持つ者たちはいなくなる。

「君と彼が以前、こちらの世界と繋がれたのは、ほとんど君の存在のおかげだよ。世界と繋がる力を持ち、人並み外れた想像力を持っていた君が一緒だったから起きたことだ。その力がなくなれば、想像力だけでは奇跡は起きない」

と、少しだけ悲しそうな表情でエルメトスさんは教えてくれた。

仮に世界が重なっても、お互いの顔が見えるわけでもなく、行き来ができるわけでもない。だから彼は、これが最後だと言ったんだ。

そう思うと寂しい気持ちが溢れてくる。けれど、この寂しさは彼とのお別れに関するものだけじゃない。

そうだ。私は会いたいという気持ちに隠れて、自分の中にある不安から目を背けていた。世界の移動は簡単じゃない。

私にはその日になれば、お別れをしないといけない人たちがいる。

◇◇◇

帰宅した私は朝に目覚める。

夢みたいな話と体験だったけど、私の全身には昨夜の出来事がハッキリと染みついている。あれは夢なんかじゃないと、全身が教えてくれる。

一週間後が満月の夜だ。

私はエルメトスさんと一緒に、世界を超える入り口を想像する。その扉が開けば、私は戻ることができるだろうか。

それなれば……。

「あら？　おはよう、アリシア」

「珍しいね。今日は少し遅かったじゃないか」

私のことを大切に思ってくれる二人。大好きなお父さんとお母さんとも、お別れをしなくてはならない。

この二人は私が抱えている秘密を知らない。私がどこの誰で、どういう人生を歩んできたのかを知らない。

ただ、二人にとって私はアリシアという一人娘だ。私にはちゃんと、二人と一緒に過ごしてきた時間と記憶がある。

エルメトスさんは教えてくれた。

私はこの世界のアリシアに生まれ変わったのではなく、アリシアとして生まれ直した。つまり同じ時間軸の世界移動ではなかった。

あちらの世界で消滅した私は、十九年前のこの世界で生まれ直し、アリシアとしての人生を歩んでいた。

どうしてそうなったのかはわからない。エルメトスさんの場合は、あちらで命を落とした時の状態で、こちらの世界にやってきたそうだ。

違いがあるとすれば、死と消滅。世界に生まれ直すというのは簡単ではないのだろう。それとも、この世界の想像力を使って、私自身が望んだのかもしれない。

なぜなら本来の私には……二人のように優しい両親との時間はなかった。エルメトスさんから貰《もら》い受けた記憶の中で、私は長らく孤独だったと知った。

他人事《ひとごと》のようで、自分自身のことだ。真実を知って、その時に感じていたであろう寂しさがこみ上げてくるようだった。

だからこそ思うんだ。

ここでの生活は、二人と過ごした時間は……とても楽しくて幸せだった。

「どうしたの？」

「何かあったのか？　アリシア」

「っ……」

頑張って堪《こら》えていたのに、心配させたくなかったのに、私は二人の声を聞いて涙を流してしまった。二人は慌てて駆け寄ってくる。

「アリシア？」

「どこか痛むのか？　何があったんだい？」

「違う……私……」

ああ、ダメだ。私は二人のことが本当に大好きだ。このとても幸せな時間は嘘《うそ》じゃない。それなのに、思ってしまう。

二人と一緒に過ごした時間以上に、名前もわからない誰かと過ごした時間を取り戻したい。世界を超えて、二人とお別れをしてでも、彼に会いたいと。

そう思ってしまう自分が情けなくて、二人に申し訳なくて泣いてしまった。

「ごめんなさい、私……私……」

二人になんて言えばいいのかわからなくなる。ただひたすらに謝罪の言葉を口にして、涙を拭いてはまた涙を流す。

そんな私を見ながら、二人は目を合わせ、優しく囁《ささや》く。

「いいのよ、アリシア」

「お母さん？」

「あなたが何を悩んでいるのかわからないけど、私たちはいつだってあなたの味方なの」

そう言いながら、私の頬に触れて涙を拭う。その少し後に、お父さんが私の頭にポンと手を乗せて、ゆっくりと撫《な》でてくれた。

「アリシア、話してくれないか？」

「お父さん……」

「僕たちは君の味方だ。君がこれから何に悩み、どんな決断をしたとしても、僕たちは必ず君の選んだ道を肯定する。それが親だからね」

「ぅう……」

温かい言葉と、二人の大きくて優しい手が弱い私の心を包んでくれる。私は何度でも思う。

ここでの生活は本当に幸せで、夢みたいな体験だった。二人は私の両親だ。その事実は、誰に何を言われても変わらない。

願わくば、これから先も一緒にいたい。私の成長を、未来を見守っていてほしい。けれどそれは叶《かな》わぬ夢だ。

何かを得るためには、相応の何かを対価として支払う必要がある。この世界であっても敵わぬ法則は存在しているみたいだ。

だから私は、自分の思いを天秤にかけた。どちらのほうが重く、私にとって重要なのかを残酷に確かめるために。

そうして私は、旅立つほうを選ぶ。

「お父さん、お母さん」

「うん」

「なんだい？」

「二人に、聞いてほしい話があるの」

私は流れる涙を自分で拭い、できるだけ明るく笑って二人に伝える。今までのこと、私が知らない私自身のことも。

二人はじっくりと、真剣に聞いてくれた。それは荒唐無稽な物語だ。普通に話して聞かせても、ただの妄想だと笑われてしまうだろう。

だけど、お父さんも、お母さんも、一度も笑うことはなかった。私の話を静かに、最後まで聞いてくれた。その眼《め》を見れば疑っていないことくらいすぐわかる。

それでも私は少し不安だから、確かめるように呟く。

「これが私の話。信じてもらえるかわからないけど……」

「信じるわよ。当然でしょ？」

「ああ。娘の話を信じない親がどこにいるんだ？　アリシアは今まで一度だって、僕たちに嘘をつかなかっただろう」

「ええ、そうね。あなたはとっても真面目な子よ。だから嘘だなんて思わないわ」

「お父さん、お母さん……」

二人のまっすぐな視線と思いを感じて、また涙がこぼれそうになる。私は涙をぐっと堪えて、二人に自分の思いを打ち明ける。

「私、会いたい人がいるの。名前も、顔も、声もわからなくなってるのに、大切な人だったってことだけはハッキリわかる。そんな人がいるって知ったら、もうどうしても会いたくなって、我慢できないんだ」

「その人のこと、大好きなのね？」

「うん。大好きだったんだと思う。ううん、大好きだよ」

「そう」

私は彼に会いたい。その気持ちは彼も同じだと、エルメトスさんが教えてくれた。たったそれだけのことで愛《いと》おしいと思う。

アメリアとして生きた私は、それほど彼のことを愛していた。惚《ほ》れ込んでいたのだろう。他人事みたいに思う今の自分に少し憂鬱な気分になる。

「でもね？　お父さんとお母さんとお別れするのも……嫌なんだ」

「アリシア……」

「その言葉だけで、気持ちだけで僕たちは十分嬉しいよ」

本当はお別れなんてしたくない。けれど、どちらも選ぶなんてことはできない。そんな勝手は世界が許してくれない。

私はどちらかを選ぶ。今ある幸せを守るのか。忘れてしまった自分と一緒に、大切だった人に会いに行くのか。

何度考えても、どれだけ悩んでも、最終的には私は後者を選ぶ。

「それでいいのよ」

「ああ、言っただろう？　僕たちは君の選択を肯定する。君がそこまで会いたいと思える人なら、僕たちも信じられるよ」

「でも……」

「そうね。私たちはここでお別れよ。でも人はいつかお別れをするものよ。それは突然で、さよならも言えないことだって多い。そういう意味では、私たちは幸運だわ」

そう言ってお母さんはニコリと微笑み、お父さんと同じように頭を撫でてくれる。

「少し遅れたけど、アリシアも親離れの日が来たのよ」

「そうだな。僕たちも子離れの時だ。今がそれだというだけで、決して悪いことじゃない。むしろ喜ばしいことだ」

「お父さん……」

「子供の成長を喜ばない親はいないよ。大丈夫、僕たちにとっての幸せはね？」

そうして、二人は口を揃《そろ》えて言う。

「アリシア、あなたが」

「君が――」

幸せに生きてくれることこそが、二人が望む幸せなのだと。

たとえ遠く離れていても、もう二度と会うことが叶わなくなろうとも。私が心から幸せになることを何よりも望んでくれている。

「胸を張りなさい、アリシア」

「まださよならには時間があるんだろう？　もっと笑っている顔を僕たちに見せてほしい。そうして願わくばその日が来ても、笑顔でお別れをしよう」

「……うん」

約束だと、二人は私の手を握る。

不安はある。けれど後悔はしたくない。二人が本心から私の幸せを願ってくれるなら、私はもう迷わない。

二人に安心してもらえるように、精一杯の笑顔を見せよう。

「ありがとう。お父さん、お母さん、大好きだよ！」

「ええ、私たちもよ」

「愛しているよ、心からね」

こうして私たちは残された時間を一緒に過ごす。特別なことなんてしなくてもいい。朝起きてから眠るまで、いつも通りの日常を。

その中で私が、私が知る限りのアメリアの話をした。二人が知らない本来の……いいや、もう一人の娘の話を。

二人は不思議そうに聞きながら、なんだか娘がもう一人できたみたいだと笑っていた。こんなにも和やかに受け入れてくれる二人には感謝しかない。

きっと私は、二人の間に生まれるために時を遡ったんだ。そう思えるほど、二人のことが大好きで、家族という時間を満喫できた。

もう、十分だろう。

◇◇◇

一週間という時間は短い。

しかし念願を待つ彼らにとっては、遠く長い道のりのように感じられていた。トーマたちは集結する。亡き師が宿っていたサクラの木の前に。

もはや枯れてしまった大樹に触れながら、アメリアのことを想う。

「トーマさん、準備はできました」

「ああ、ありがとう」

声をかけられてトーマは振り返る。そこに立っていたのはアメリアの義妹、宮廷錬金術師のリベラだった。

エルメトスが言っていた協力してくれそうな錬金術師は彼女のことである。彼女の中にも、エルメトスは自分の魂の一部を宿していた。

トーマたちが思い出したことをきっかけに、王都にいた彼女も思い出したのだ。自分には姉がいたことを。

「協力してくれてありがとう」

「いえ、私もずっと違和感を覚えていました。何かが違う……欠けてしまっていると。お姉様のことを思い出せてスッキリしました」

「そうか。でも、これが成功すれば錬金術はなくなる。それは君にとっては……」

リベラは首を横に振る。

彼女は宮廷錬金術師として働いている。彼女が生まれたのは、優秀な錬金術師を多く輩出している王都でも名家だった。

錬金術がなくなる、存在が消えるということは、彼女や彼らの歴史も変えてしまうことになる。

まず間違いなく、リベラは職を失うことになるだろう。

「構いません。私は……正直錬金術なんて好きじゃありませんでした」

リベラは告白する。胸に秘めていた想いを。

「お姉様のほうが優秀で、私なんて全然ダメなことくらい本当はわかっていたんです。でも認められなくて、反発して……そんな私に、お姉様は頑張ったねって声をかけてくれたんです」

誰も助けてはくれない。終わらない仕事と向き合い、一人キリ孤独に闘い続けなければならない。

かつてアメリアが進んだ道を彼女はなぞっていた。

姉の苦労を知り、ボロボロに壊れそうな彼女を見て、アメリアは優しく労《ねぎら》いの言葉をかけた。その瞬間に、リベラの心は救われたという。

「私はお姉様の言葉に救われました。だから今度は、私がお姉様のために頑張りたいんです」

「……そうか」

「中々にいい妹なのだよ、アメリアは幸福だな」

「ん？　お前もありがとうな、エドワード」

サクラの木の下に、エドワードがやってくる。彼は今、王子ではない。亡き兄に代わり、戦後に

国王に就任していた。

「悪いな。国王になって忙しかっただろ？」

「ふんっ、俺に余計な気を遣う必要はないのだよ。立場が変わっただけで、俺たちの関係性は何も変わらない。そうだろう？　トーマ」

「……ああ」

錬金術消失における世界への影響、これを緩和するために、トーマは国王となったエドワードの協力を仰いだ。

彼もまた、アメリアのことを思い出した一人だった。

「彼女が消えてしまった原因は俺の……いいや、俺たちの国にこそあるのだよ。ならば協力しない理由はない。元より錬金術に頼らずとも、人間は成長するものなのだよ」

「そうだな。そうあってほしいよ」

「心配するな。人はそれほど弱い生き物ではないのだよ。一つの手段が失われたならば、新しい何かを生み出す。そうして人の世は続き、現代に至るまで発展した。たとえ錬金術が消えようとも、人の歩みまでは消えはしないのだよ」

「エドワード」

「ふんっ、いつまでも悩んでいるような顔をするな。アメリアと再会するのだろう？　ならば堂々と迎え入れてやるのが彼女のためだ」

エドワードの拳が、トーマの胸にコツリと当たる。トーマは笑いながら、そうだなと呟いた。

「さぁ、夜までもうすぐなのだよ」

「ああ、後は彼女のほうも上手くやってくれていることを祈るだけだ」

「そういえば、あのいけ好かない魔法使いはどうしたのだよ？」

「……師匠は今も俺たちの中にいる。ただ、あまり話をする時間は残っていないらしいんだ。だから本番までは会えない」

そして本番が終わり、アメリアを取り戻すことが叶ったなら、エルメトスは役割を終える。彼らの中に宿っている魂も、力を使い果たせば消滅する。

異なる世界同士の交信を、錬金術師でもないエルメトスが実現している。これも一つの奇跡であり、長くは続かない。

満月の夜に交わす言葉が、師匠との最後の会話になることはわかっていた。

「もう二度と会えないと思っていたんだ。それがこうしてお別れを言う機会を貰った。しかも二度も。十分すぎるよ」

「ならせいぜい、気の利いた別れの言葉でも考えておくのだよ」

「そうだな。その時は笑ってお別れをしたいな」

「うむ。悲しい別れなど、もうコリゴリなのだよ」

そう言いながらエドワードは空を見上げる。

自らの信念を貫き、最後までわかり合えずに別れた兄のことを考えていた。

◇◇◇

約束の日がやってくる。

私はエルメトスさんがいるサクラの木の下を訪れていた。荷物は何もいらない。必要なものはこの身体と想像力だけだ。

今宵《こよい》は満月。当たり前みたいに雲一つなく、真ん丸で輝く月を見上げながら思う。

別れと再会、悲しみと感動、相反する二つの感情を同時に味わうことになる私は、果たして涙せずにいられるだろうか。

「そろそろ時間だ。ズレがあると困るから、こちらは先に始めてしまうよ」

「はい」

エルメトスさんに言われ、私たちは入り口の想像を始める。場所はサクラの木のすぐ目の前で、イメージするのは大きな鉄の扉だ。

エルメトスさんが私に言う。

「私の手に触れてくれるかい？」

「はい」

私の左手と、エルメトスさんの左手が上下で重なる。そうして目を瞑り、お互いのイメージを共有する。

世界と世界を繋ぐ入り口は、私一人の想像力では実現できない。私には異なる世界を明確に想像することが難しい。だからエルメトスさんの想像力を借りる。

彼は今も、異なる世界を観測し続けている。

「いいかい？　大事なのは互いのイメージを合わせることよりも、強く願うことだ。君がどうしたいのか。何を望んでいるのかを、世界に教えてあげなさい」

「はい……」

私の思い、私の願いは決まっている。

この世界とお別れすることになってでも、会いたいと思える人がいる。私は思い出したい。会えば思い出せるかもしれない。

その思いを強く持ち、世界を繋ぐ門を想像する。身の丈の三倍近くある大きな鉄の扉には、独特の模様が入っている。

それは一見して不気味だが、よく見るとサクラの木が上下反転して生えている絵だ。今、私たちがいる世界にあるサクラが、あちらの世界に落ちていくようなイメージ。

想像を始め、世界と世界がもっとも重なり合う時間に、舞い散るサクラの花びらに彩られながら、鉄の扉は完成する。

「上手くいったみたいだね」

「これで……あとは待つだけなんですよね？」

「そうだよ。向こうの世界の彼らが扉を開けてくれる。それまで待とう。といっても、そんなに時間はかからないはずだよ」

二つの世界を観測しているエルメトスさんは、時間のずれも正確に把握することができる。

彼の感覚通りであれば、二つの世界の時間は現在、二分ほどの遅れが生じているらしい。故に私たちが門を作ってから二分後に、この扉は開くだろうと。

残り二分……私に残された時間はわずかだ。

「今のうちに、お別れは済ませておきなさい」

「はい」

私は振り返る。

そこには私のことを見守っている二人の姿があった。

「お父さん、お母さん……私、もう行かなくちゃいけない」

「ええ、わかっているわ」

「僕たちは見送るために来たんだよ。成長した君の姿を見るために、だから、アリシア」

「ぅ……」

「そんな悲しい顔をしないでおくれ」

ああ、やっぱりダメだ。

お別れだと思うと、我慢していたのに涙が溢れてしまう。せっかく二人が笑顔で見送ってくれるというのに、私の心はいつまで経《た》っても弱いままだ。

「アリシアは本当に優しい子ね。私たちの下に生まれてきてくれたのが、あなたで本当によかったわ」

「まったくだ。自慢の娘だ。世界すら救ってしまう。君に教えてもらったたくさんのお話を、僕たちはこれからも忘れない」

「お父さん……お母さん……私に……」

「君はアメリアとして生きる。それでも忘れないでおくれ。僕たちにとってはいつまでも、どこの世界にいようとも、君は僕たちの娘なんだ」

そう言って二人は笑いかける。溶けてしまいそうなほど熱い温《ぬく》もりを感じる。本当ならすぐにでもその胸に飛び込みたかった。

けれど私はぐっと堪える。もしもここで飛び出して、二人と触れ合う距離に行ってしまえば、覚悟が揺らいでしまうと思ったから。

きっと二人も同じ気持ちに違いない。だからこそ、こんなにも優しくて大好きな人たちの前だからこそ、私は最高の笑顔を見せたいと思った。

「行ってくるね！　お父さん、お母さん」

「ええ、行ってらっしゃい」

「うん、いい笑顔だ。大好きな人に会いに行くんだろう？　だったら今みたいに、最高の笑顔で会いに行きなさい。きっと喜んでくれる」

「うん！」

これが最後だからこそ笑おう。二人にとって最後に見る私の顔は、とびっきり幸せに感じられる笑顔がいい。

これから私のことを思い出してくれる時は、この日の笑顔であってほしい。そんな願いと呼応するように、私の背後で扉が開く音がする。

「ああ、開いたよ。彼らもちゃんと役目を果たしてくれたみたいだね」

「この先が……」

本当の私が、アメリアが生まれ育った世界なんだ。

扉の向こう側は真っ暗で何も見えない。どこへ繋がっているのか目視はできないのに、不思議と不安は感じない。

「さぁ、早く行くんだ。これは奇跡の一部なんだ。奇跡は一度きりで、長くは保てない」

私は一歩前へと踏み出す。

二人とのお別れを済ませて、もう心残りはない……と言い切るには難しいけど、前へ進むだけの勇気は貰った。

「エルメトスさん」

「なんだい？」

「ありがとうございました！　私のことを見つけてくれて。私に、私のことを教えてくれて！　エルメトスさんのおかげで、私は前に進めます」

「……ああ、いいんだよ。私も嬉しいんだ。最後にもう一度君たちの役に立てたことが」

エルメトスさんは変わらず笑顔を見せている。けれどその笑顔は少しだけ寂しそうで、今にも泣いてしまいそうなほど悲しく感じられる。

お互いに理解しているんだ。これから先の未来に奇跡は起こらない。この邂逅《かいこう》も今夜限り、もう会うことはない。正真正銘のさよならだ。

「アメリア、向こうに戻ったら伝えておくれ。私の人生は、君たちと出会えたことで満たされた。このサクラのように満開だ」

エルメトスさんは舞い散るサクラを見上げる。

「悔いはない。だからどうか、君たちの未来も同じように、満開の花びらで彩られることを遠い遠い世界から祈っているよ」

「……はい！　行ってきます！　ありがとうございました！　エルメトスさん」

「うん、こちらこそ、出会えたことに感謝を。君たちの進む道に、素敵な魔法がありますように」

そうしてエルメトスさんは、素敵な魔法使いは最後に魔法の言葉を送ってくれた。

背中を押されるように、私は門の中へと足を踏み入れる。真っ暗な世界でも、確かに進む道を理解して、まっすぐに進んでいく。

そうして意識が、切り替わる。

◇◇◇

真っ白だ。

何もない世界、私はこの光景を知っている。そうだ。夢の中で何度も見てきた光景だ。目覚めると忘れてしまうこの景色の中には、一人の少女が立っている。

景色と同じくらいに白い少女が、私に向かって右手を差し出す。

「触れて」

私は言われた通りに触れる。

その瞬間、私の中にたくさんのものが流れ込んでくる。それは記憶であり、感情であり、私が手放してしまった全てだった。

ああ、そうだ。私は私だ。アメリアだった。

エルメトスさんから貰った他人事のようだった記憶も、バラバラだったパズルが埋まっていくように、私の中で確かな形へと変わっていく。

「ねぇ、あなたは誰？」

かつて聞いたことのあるその問いに、彼女はニコリと微笑んで返す。言葉はなくとも伝わってくる。触れている手の平から優しく。

彼女は誰でもない。想像の世界を作った魔法使いの人たち。彼ら彼女らが残していった心残りこそが彼女の正体だ。

魔法使いたちは世界を想像した。争いばかりが膨れ上がる世を救うために、争いに巻き込まれてしまう魔法使いたちを助けるために。

その選択に悔いはなく、彼らは進んで世界を渡った。けれど、まったく未練なく移り渡ったわけじゃなかった。

彼らにも、世界に残してきた人々との繋がりがあった。生まれ育った世界、故郷だ。自分たちがいなくなった後、正しく未来を紡いでくれるのか心配だった。

そんな不安と心残りな感情が集まり、重なって、想像によって一人の少女へと形作られた。彼女の役割は世界と世界を繋ぐ道となること。

世界の管理者。錬金術という力は、かつての魔法使いたちが、残してしまった世界の不安を解消するために、人々が行き詰まった時に力を貸せるようにと想像した力だった。

そう、私たちはいつだって、彼らの想像力に助けられてきた。けれどそれも今日までだ。私たちは自らの意思で、彼らの助けを拒絶する。

そのせいか、彼女は寂しそうに微笑んでいた。

「ごめんね？　でも、これでいいんだよ。私たちは大丈夫。これからどんな困難があっても、自分たちの力で乗り越えていくよ」

「――できるの？」

「わからない」

私は首を横に振る。

「断言できるほど自信があるわけじゃないんだ。きっとみんなも同じ、不安なんだと思う」

「……」

「それでも一人じゃないなら、みんなと一緒なら頑張れる。特別な力なんてなくても、想像力は私たち人間の大きな武器なんだよ」

人は想像する。輝かしい未来を、幸せな光景を。そのために何が必要なのかを模索し、手段を考え工程を組み立てる。

錬金術に限った話ではない。私たち人間は想像する生き物で、いつだって世界を作ってきたのは想像力なんだ。

異なる世界で過ごした今の私だからこそ思える。

「私たちも、そろそろ親離れをしないとね」

いつまでも見守ってくれていた人たちに安心してもらえるように。世界も、人も、今一度自分たちの力で前に進むべきなんだ。

私は名前のない彼女の手をぎゅっと握る。

「今までありがとう。私たちのことを見守っていてくれて」

彼女の存在があったからこそ、私は錬金術を使うことができていた。この力は私を助け、多くの人々を笑顔にした。

「ありがとう。私を支えてくれて」

感謝の言葉を、伝えきれないほどの思いを、このわずかな時間にいっぱい込めよう。できるだけ明るい笑顔を見せて。

「──もう、平気なんだね」

「うん。私たちは進むよ。自分たちの力で」

「──そっか」

「うん。だからね？　信じていてほしい。私たちはきっと幸せになる。誰かがそう望んでくれたように、誰もが願うように」

彼女の中にある心残りはきっと、私たちが幸せになることを望んでいる。だから示そう。最後に、誓いをここに。

「さようなら。またいつか、今度は違う形で出会えるといいね」

「──うん。祈ってるよ」

「ありがとう」

「私たちこそ、時間をくれて――ありがとう」

まばゆい光が私たちを包み込む。最後に、彼女の中にある感情の全てが、私の中に流れ込んでくるような感じがした。

彼女は役割を終えたんだ。どうか安らかに眠ってほしい。願わくば、次は一つの命として生まれ直して、自分だけの時間を楽しんでもらえたらと。

◇◇◇

満月の夜になり、彼女を取り戻すための準備が整う。

枯れたサクラの木の下に描かれた大きな錬成陣は、アメリアの妹のリベラが描いたものだった。

彼女は錬成陣に触れながら言う。

「始めます。準備はいいですか？」

「ああ」

トーマが力強く返事をする。心の準備ならとっくにできていると。今でも会いたくて気持ちがどうにかなりそうだと。

この場にいるみんなが同じ気持ちでいる。誰よりも強く願うトーマは、リベラの背中を見つめる。

「それでは、始めます」

彼女は大きく深呼吸をする。世界と世界を繋ぐ力。その原理を知った今でも、成功するかどうかは定かではない。

ここまで準備をして失敗すれば、もう二度とチャンスは訪れないだろう。彼女たちの中にあったエルメトスの魂も消えてしまっている。

彼女たちには嫌な確信があった。もしもここで失敗すれば、いずれ緩やかに……アメリアの記憶は薄れていく。

最後には全てを忘れて、彼女のことを誰も覚えていられなくなる。そんなことは絶対にあってはならないと、リベラは胸に決意を固める。

「必ず助けてみせますから、お姉様」

たとえ自分の全てを天秤にかけようとも成し遂げてみせる。偉大な姉がそうして世界を救ったように。いつも前を進んでいる彼女の背中を追いかけて、ついに手を伸ばす。

「これが私にとって最高の……いいえ、最後の錬金術です」

離れてしまった姉を取り戻すために、彼女は錬成陣を起動させる。

代償とするのは錬金術そのもの。世界を救う奇跡は一度きりで、もう二度と起こらない。そうしてでも取り戻したい人がいる。

みんなの思いが錬成陣に流れ込み、そうして扉が開く音が聞こえる。

「――これは」

トーマの顔の横に、ひらりと桃色の花びらが舞う。

サクラは枯れてしまったままだ。それでもサクラの花びらが舞った。異なる世界からの贈り物と共に、彼女は戻ってくる。

目と目が合う。

離れていた時間は短いようで長かった。彼女は二度目の一生を体験し、ようやくこの世界に帰還した。

名前のない少女によって取り戻した記憶。けれど彼女の中には一つだけ、まだ埋まっていないパズルのピースがあった。

それは何より大切で、彼女にとってもっとも忘れたくない記憶だったからこそ、いかなる方法でも伝えることは叶わなかった。

しかし、彼女は出会った。否、再会を果たした。

目の前のその人に、誰よりも会いたかった大切な人の顔を見て、彼女は呟く。

「トーマ……君」

「――アメリア！」

「トーマ君！」

二人は駆け寄り、抱きしめ合う。

目いっぱいの笑顔と、溢れんばかりの涙と一緒に。失われていた記憶のパズルは、ようやく完成に至った。

「トーマ君！　トーマ君！」

「ああ、いるよ、ここに」

「私ずっと会いたくて……思い出せないのに、それでも会いたくて」

「嬉しいよ。俺もずっと会いたかった。こんな風に抱きしめたかったんだ」

記憶が消え、何も覚えていなくとも、その魂に刻まれた思いまでは消えることがなかった。二人の想いは世界を超えて通じ合っていた。

この消えない繋がりがあったからこそ、奇跡は起こったのだ。

「もうどこへも行かせない。次にどこか遠くへ行こうとしたら、絶対に離さないからな」

「うん！　その時は一緒に行こう。それでちゃんと、ただいまを言うんだ」

「ああ、それがいい。そうしてほしい」

二人はいつまでも抱きしめ合う。互いの存在を全身で感じるように。

こうして、世界を救い消えてしまった少女は、再び世界に舞い戻った。特別な錬金術師としてではなく、ただの恋する少女として。

エピローグ　幸せの想像

Epilogue

眠っている間、私たちは夢を見る。眠る前に起こった出来事の整理だったり、これまでの人生の振り返りだったり。

時に未来の自分を想像し、こんな風になれたらいいなとか、こんな日々を過ごすことができればと思い描く。

私もよく夢を見る。大好きなお父さんとお母さんと一緒に暮らす夢を。そしてそれは、夢なんかじゃなかったと目覚めた時に思うんだ。

「ぅ……」

目を覚ます。

見慣れた天井、けれど新しい感覚。私は二つの世界を知っている。だから、こうして朝日を感じることも、今は少しだけ新鮮だった。

「う、うーん！　いい天気」

窓の外は快晴だった。

雲はいくつか数えられる程度には漂っていて、穏やかな陽気に包まれている。季節は春の終わり頃、もうすぐ暑い夏がやってくる。

私は服を着替えて、寝ぐせを直し、身だしなみをきっちりと整えて部屋を出る。廊下に出て歩いていると、後ろから声をかけられる。

「早起きなのは変わらないな」

「あ――」

声が聞こえて嬉《うれ》しくて、私はすぐに振り返る。そこには彼が立っていた。心地いい笑顔を私に向けて。

「おはよう、トーマ君」

「ああ、おはよう、アメリア」

私は帰ってきた。この屋敷に、この世界に。

「食堂へ行くところか？」

「うん。ちょっと早いけど、トーマ君は？」

「俺も同じ。もしかしたら、アメリアが先に来てるんじゃないかなと思って早起きしたんだ」

「そうなんだ。じゃあピッタリだね」

「ああ」

私たちは並んで廊下を歩き、食堂へと向かう。いつもなら数分もかからず到着する道を、少しだけゆっくりと歩いていた。

「やっぱりまだ早いし、少しだけ散歩でもしないか？」

「そうだね」

私もトーマ君と二人でお話がしたいと思っていた。彼も同じ気持ちだったみたいで、そのことが嬉しくて笑みがこぼれる。

私たちは廊下を戻り、玄関から外へ出る。何も示し合わせることなく自然と、エルメトスさんが暮らしていた家の前にたどり着く。

彼と繋《つな》がっていたサクラの木は、今はもう枯れてしまっている。魔力によって咲き誇っていたサクラだから、普通の栄養では花を咲かせない。

今はただの大樹でしかないけれど、誰の口からも切り倒す提案はなかった。

私は枯れてしまったサクラの木に触れる。

「君たちの進む道に、素敵な魔法がありますように」

「師匠の言葉だな」

「うん。私を見送る時に言ってくれた言葉だよ」

「素敵な魔法……か。師匠らしいな」

そう言ってトーマ君は笑い、私と一緒にサクラに触れる。

エルメトスさんが伝えてほしいと言っていた言葉は、戻ってきてすぐみんなに伝えた。あの言葉が、エルメトスさんの最後の思いだ。

世界と繋がる方法を失い、彼の魂も消失した。正真正銘、もう二度と彼の声を聞くことも、姿を見ることもない。

寂しさはある。だけど、私たちは笑顔を見せる。

「師匠は今も、俺たちのことを思ってくれているんだろうな」

「うん。優しい人だから」

「ああ。安心してもらいたい。だから、師匠の前では悲しい顔なんて見せられないな」

そう言いながら枯れたサクラを見つめる。

この木はエルメトスさんの魂の依代《よりしろ》になっていた。今は空っぽでも、かつてこのサクラこそがエルメトスさんだった。

私たちにとってこの場所は、サクラの木は、エルメトスさんが残してくれた思い出が詰まっている。空っぽになったからこそ、たくさんの思い出がそこにある。

「なぁアメリア、向こうの世界の話、また聞かせてくれないか？」

「うん、いいよ」

あれから私は、トーマ君にもう一つの世界の話をした。私はアリシアとして生まれ直し、十九年間を生きてきた。

その記憶はこうしてアメリアに戻った今でも残っている。二つの記憶が少しだけ交ざっている感覚で、所々思い出せないこともあるけれど。

トーマ君は私の話を楽しそうに聞いてくれていた。ありきたりな日常の、落ちもなければ面白味なんてないような内容を。

「聞いてて楽しいの？」

「ああ。だってアメリア、その話をしている時、本当に幸せそうだからな。見ているとこっちも嬉しくなるんだ」

「そ、そうかな？　そんな顔してた？」

「してるぞ。よほど楽しかったんだろう。ちょっと妬《や》けちゃうくらいだ」

トーマ君はちょっぴりすねたように笑う。

確かに、思い返しても楽しい記憶しかなかった。優しい両親に育てられて、何不自由なく大きくなり、これ以上ないほど幸せだった。

世界を飛び越えた今でも尚《なお》、色あせることなく覚えている。

「今だからわかるよ。あの日々もきっと、私が想像したものだったんだって」

もう一つの世界は想像を現実にする。

生まれ直した私が、あの二人の下へたどり着いたのは偶然なんかじゃない。私には、両親と楽しく暮らすという経験はなかった。

物心ついた時には孤児で、親もなく、トーマ君たちだけが唯一の家族だった。それでも十分に幸せだったけど、いつも心のどこかで思っていた。

私も、普通の家族に生まれて、何気ない日常を過ごせたらどれほど幸せだったのだろう、と。

才能を見出《みいだ》され、貴族の家に引き取られて、新しい家族ができるはずだった。けれど私はやっぱり部外者で、馴染《なじ》むことはできなかった。

長らく独りぼっちで生きてきて、その気持ちは余計に強くなったのだろう。

「私が本当にほしかったのは、きっと家族だったんだよ」

「家族か」

「うん。みんな当たり前みたいにあるのが羨ましかった。だから想像したんだと思う。何気ない日常が幸せな家庭を……」

そうして想像は現実になり、私はあの世界で家族を手に入れることができた。思いにふける私に、トーマ君は尋ねる。

「よかったのか？」

「え？」

「戻ってくる選択は、せっかく手に入れた幸せを捨てることだったはずだろ。俺は戻ってきてくれて嬉しいけど、もしもそっちのほうが幸せなら……」

「トーマ君……ううん」

私は首を横に振り、不安そうな表情をするトーマ君に微笑《ほほえ》みかける。

「私はね？　それでも会いたいと思ったんだ」

「アメリア」

「トーマ君のこと、こうして会えるまで思い出せなかった。それは一番大切な記憶だったからだよって、エルメトスさんが教えてくれた。私もそう思う。かけがえのない記憶だから、代償の影響を強く受けた。今は思い出せてホッとしてるの」

私は話しながら、トーマ君の右手を掴《つか》み、両手で包み込むようにぎゅっと握りしめる。こうしていると強く、彼の存在を感じ取れる。

「トーマ君と話したい、触れ合いたい、一緒の時間を過ごしたい。誰なのかも思い出せないのに、どうしてもそういう気持ちが大きくなって、どうしようもなくて。今ある幸せ以上に、この手を掴みたかったんだ。大好きだから」

「――アメリア」

「大好きだよ、トーマ君。あなたがいない世界なんて考えられなくて、何もかもを失っても、世界だって変えちゃえるくらいに」

「俺も大好きだ、アメリア。世界がどうなろうと、全てを敵に回しても、君の笑顔だけを見ていたいと思えるほどに」

愛を確かめ、伝え合い。手と手を握る。

そうして見つめ合いながらゆっくりと、お互いの唇を近づけて……。

「見せつけてくれるのだよ」

「「え？」」

唇が触れ合う直前に、私たちは視線に気づいた。

いつの間にか呆《あき》れた表情でエドワード殿下が私たちのことを見ていた。

「お、お前！　いつからそこに？」

「五分くらい前からなのだよ」

「だったら声をかけろよ……」

「気づかれるのを待っていたのだよ。まさか自分たちの世界に入り込んで、イチャイチャを見せつけられるとは思っていなかったのだよ」

やれやれとエドワード殿下は呆れている。

「もう少し時と場所を考えるのだよ」

「ここは俺の家の敷地だ」

「あはははっ、えっと、おはようございます。エドワード殿下、じゃなくて、エドワード国王」

「今さら堅苦しくする必要はないのだよ。呼び名も好きにするといい」

私が知らない間に、エドワード殿下は王子から国王になっていた。戦争が終わり、私が消えた後のことはトーマ君から聞いている。

どうやら私が起こした変革は、完全に元通りになったわけじゃないようだ。一度失われた命は回帰しない。

私とエドワード殿下を庇《かば》って亡くなられたお兄さんもそのままだ。エドワード殿下は亡き兄を継いで国王となった。

国王となったエドワード殿下は、私たちの国と平和条約を結び、これから先の未来、二度と同じ争いを繰り返さないことを固く誓ってくれた。

「お忙しいと聞いています」

「それほどでもないのだよ。どこかの誰かがおせっかいをしたおかげで、戦争による爪痕はほぼ残っていない。戦後の処理も楽だったのだよ」

「そうですか。少しでも役に立てたのならよかったです」

「少しどころではないのだよ。お前は間違いなく世界を変えた。歴史に残るべき英雄がいるとすれば、誰もがお前の名を口にする……本来ならな」

私はトーマ君たちから、私を連れ戻すためにみんなが協力してくれた話を聞いている。リベラが錬金術を使ってくれたことも。

再会した時、あの子は私を見て泣いていた。錬金術を失うことを意にも返さず、迷うことなく私を連れ戻すために最後の錬成に挑んでくれた彼女に、心から感謝を伝えた。

リベラは恩返しなんて言ってくれたけど、私は貰《もら》いすぎだと思う。

あの子は賢いから、きっと錬金術がなくても上手《うま》くやっていけるだろう。聞いた話だと、錬金術で得た知識を元に、薬師の勉強をしているらしい。

錬金術が消失したことで、彼女は宮廷での居場所を失ってしまった。それでもめげずに、次へ進むための努力をしている。

姉として、素敵な妹を持てて誇らしいと思った。彼女はきっとこれから、多くの人たちに必要とされる人間になる。そうに違いない。

私のことを思い出してくれたことも、本当に嬉しかった。

この世界で、私のことを覚えてくれている人は、この屋敷で暮らす人たちを含めて数人しかいない。

錬金術を代償にしても、私がこの世界で生きた記憶、記録までは元通りにできなかったらしい。だから今の私は、生まれも定かではない真っ白な一人の人間だ。錬金術がなくなった今の私に、どれだけの価値があるのだろう。

あまり深く考えると暗い気持ちになり、表情に出てしまうからここまでだ。私は気持ちを切り変えて、エドワード殿下に尋ねる。

「それで、エドワード殿下はどうしてこちらに？」

「準備が整ったことを伝えに来たのだよ」

「準備？」

「できたのか？」

「ああ、完璧に用意した。期待しているといいのだよ、トーマ」

エドワード殿下が自慢げな笑みを浮かべ、トーマ君にそう言った。二人は何か約束でもしていたのだろうか。

私はなんのことかわからず、キョトンと首をかしげる。

「そうか……アメリア」

「何？」

トーマ君が私の顔を見つめる。なぜだかいつもより真剣に、ちょっぴり緊張している様子なのが見てわかる。

私もつられるように緊張して、ごくりと息を呑《の》む。

「さっき、君は言っていたよね？　家族がほしかったって」

「え、うん。そうだよ」

「俺も同じことを思ったことがあるんだ。いいや、ずっと思っていた。君と再会して、自分の気持ちを自覚して、想《おも》いを伝え合って」

トーマ君は大きく息を吸う。

そしてハッキリと、大きな声で私に伝える。

「――アメリア、君と家族になりたい」

「――そ、それって」

「君と結婚したい。夫婦になりたいって意味だよ」

「ふ、夫婦」

思わず赤面してしまう。思いもよらなかった。

まさか今、ここでトーマ君にプロポーズをされるだなんて。

「君がいなくなった間、ずっと心に穴が空いていたんだ。寂しさというか、喪失感というかな。とにかく辛《つら》かった。それでわかったんだ。俺にとって君はもう、心の一部になっていたんだって」

「トーマ君……」

それは私も同じだった。

彼のことを思い出せない。彼の名前が聞こえない。それだけが辛くて、苦しくて、会いたくて仕方がなかった。

私にとっても彼の存在は、もっとも大切な記憶であり、心を温かく包み込んでくれる。彼がいない世界なんて想像できない。

「君の手を離したくない。君といられない時間を少しでもなくしたい。そこまで思ってしまうんだよ。もう、どうしようもないほどにね」

「……私も、一緒にいたいよ」

握った手の温《ぬく》もりも、交わした言葉の心地よさも、全部思い出じゃなくて今感じていたいんだ。

「わ、私も！　トーマ君と結婚したい。トーマ君の家族にしてほしい」

「ああ……ああ、ありがとう」

「こちらこそ。えっと、よろしくお願いします。これからいっぱい迷惑をかけると思うけど」

「いいんだよ。むしろたくさんかけてくれ。俺のことを一番に頼ってくれたら、俺はそれだけで嬉しいんだ」

彼ならそう言ってくれることをわかっていた。彼は人一倍優しいから、私の我がままだって許してくれる。

そんな彼の優しさに甘えてしまう自分が想像できてしまった。それでもいいと、思ってしまうほどに、私は彼のことが大好きなのだと。

「さて、そうと決まれば結婚式を挙げなければならないな」

唐突に、エドワード殿下が発言する。

「そうだな」

「え、トーマ君？」

なぜかトーマ君も同意して、乗り気な様子だった。

「なんだ？　嬉しくないのか？」

「嬉しいよ！　で、でも結婚式っていろいろと準備が必要でしょ？　すぐにはできないと思うんだけど」

「その心配はないのだよ」

「え？」

この時、ふと思い当たる。数分前の二人の会話の内容を。

「準備って……もしかして」

「そうだ。お前たちの二人の結婚式の準備など、すでに整っているのだよ」

「い……」

いつの間に？

◇◇◇

私たちがやってきたのは、アルザード王国内でもっとも大きくて綺麗《きれい》な教会だった。集められたのはごく少人数。

私のことを覚えている人たちだけで小さな結婚式が開かれる。私は控室で、純白のドレスに身を包んでいた。

「……ま、まさか本当にするなんて……」

話があってからわずか一日でここまでたどり着いてしまった。他のみんなも忙しいはずなのに、予定を合わせて参加してくれるらしい。

「もしかして、最初から知ってたの？　シズク」

「聞いてはいた。プロポーズするって」

控室に顔を出してくれたシズクと話をする。どうやらずっと前から計画されていて、あとは準備が整い、トーマ君がプロポーズするだけだったようだ。

嬉しいサプライズに、今もまだ驚いている。

「おめでとう、アメリア」

「ありがとう、シズク。次はシズクの番だね」

「う、うん」

シズクはあれから諜報員《ちょうほういん》を辞めることになったらしい。いろいろ大変な手続きや条件があって、すぐには難しいみたいだけど。

彼女もシュンさんと一緒になるために、一歩を踏み出していた。私たちの結婚式が、どうか二人の幸せの後押しになりますように。

「そろそろ時間」

「うん。ちょっと緊張してきたかも」

「大丈夫、アメリア……とっても綺麗だから」

「ありがとう」

シズクの言葉に自信を貰い、私は会場へと向かう。本当は正式な段取りとか、堅苦しいような挨拶があるのだけど、トーマ君とそれは私たちらしくないねと話をした。

知人だけの結婚式にしたのも、より自由に幸せを感じ、感じてもらえるようにするためだ。

「だからってお前が神父はないだろ」

「何を言う？　お前たちの結婚式に相応《ふさわ》しい神父などいない。ならば俺が代役を務めるのがもっとも相応しいのだよ」

「意味わからないな……まぁでも、それも俺たちらしいか」

二人の会話が扉越しにも聞こえている。ゆっくりと扉が開き、新郎のトーマ君の姿が見えて、ホッとしたように優しく笑う。

「おいで、アメリア」

「うん」

トーマ君の下へ私は歩み寄る。

するとエドワード殿下が笑みを浮かべながら私たちに言う。

「さぁ、手っ取り早く誓いの口づけをするのだよ」

「おい、もうちょっと手順とかあるだろ」

「必要ないのだよ。お前たちの間に、今さら形式だけの誓いなど邪魔なだけだ」

「エドワード、お前……」

それが言いたかったから、わざわざ神父役になったのではないだろうな、とトーマ君が呆れながら呟《つぶや》く。

エドワード殿下は笑みを返し答えなかったけど、どこか嬉しそうだった。

「トーマ君」

「アメリア?」

「誓いの言葉なら、もうたくさん貰ったよ」

元より難しい誓いなんて、私たちに必要ない。

だって私たちは、お互いの気持ちを交換し合っている。愛には愛を、未来には未来を捧《ささ》げている。

すでに誓いよりも確かなものを渡し合っている。

「私の気持ちは、世界が変わっても、忘れてしまってても消えなかった」

「俺も同じだ。君のことだけをずっと想っていた」

「うん、だからきっと、誓いはもう済んでいると思うんだ」

「……そうだな」

奇跡に見合う代償の支払い、等価交換は錬金術の法則だけど、今私たちが感じている幸せにだって当てはまる。

そう、私たちはいつだって想像し合う。幸せを交換して、一緒に笑い合う。

「大好きだよ、トーマ君」

「愛しているよ、アメリア」

トーマ君の手が優しく触れて、お互いの距離が近づく。

あの時は邪魔されてしまったけれど、今度はちゃんと届く。みんなに見られながらは少し恥ずかしい。けれど、見ていてほしいと思う。

幸せの証明を。
特別な力なんてなくても、錬金術がなくとも、私たちは作り出せる。
自分たちの手で、想像を形にできるんだ。
そう――
私たちはみんな、幸せを想像する錬金術師だ。

あとがき

お久しぶりです読者の皆様、日之影《ひのかげ》ソラと申します。まず最初に、二巻に引き続き本作を手に取ってくださった方々への感謝を申し上げます。

辺境で活躍する錬金術師のアメリア。トーマと相思相愛となり幸せいっぱいの彼女に押し寄せる難題や、誰も知り得なかった世界の謎、錬金術の秘密。

今回の話でこれまで触れられてこなかった部分にも着目し、アメリアが一人の人間として大きく成長するお話になっております。

個人的に中々つっこんだ内容になりましたが、楽しんでいただけたでしょうか？

少しでも面白い、続きが気になると思っていただけたなら幸いです。


これまで多くの作品に関わらせていただきました。実は三巻を書かせていただいたのは今回が初めてになります。

嬉《うれ》しかったですし、やはり少し緊張していました。せっかく書かせていただけるなら、この機会にやりたいこと、伝えたいことをできるだけ多く詰め込もうと思い、本作を執筆しました。

今回のお話は、一巻、二巻の内容よりも大切な人たちとの別れや新しい出会い、本来、彼女が得られていたはずの普通の幸せを手にして、それを手放す選択をするなど、アメリアにとって多くの試練が訪れ、成長していく機会となりました。

これは私の好みなのですが、他人のために自分の全てを犠牲にしたり、大切な人を救うために、それ以外の何もかもを手放すといった自己犠牲の精神に尊さを感じます。

自分よりも他人。自分の人生の全てを他人が生きるため、幸福になるために捧《ささ》げるというのは中々できることではありません。だからこそ、その選択ができてしまう存在に、私は憧れを抱かずにはいられないです。

いろんな作品を目にする機会が増えた昨今ですが、ついついそういう精神を持っているキャラクターに惹《ひ》かれてしまいます。

いつかこんなお話が書けたらなーと思っていたので、今作のアメリアの物語で、それが実現できたことにひっそり感動しております。

この感動が少しでも読者の皆様にも伝わり、自分の好きが、皆さんにとっての好きになっていただければ幸いです。

最後に、素敵なイラストを描いてくださった匈歌《きょうか》ハトリ先生を始め、書籍化作業に根気強く付き合ってくださった編集部のSさん。WEBから読んでくださっている読者の方々など。本作に関わってくださった全ての方々に、今一度最上の感謝をお送りいたします。

それでは機会があれば、またどこかのあとがきでお会いしましょう!

作品のご感想、
ファンレターを
お待ちしています

あて先

〒141-0031　東京都品川区西五反田 8-1-5 五反田光和ビル4階
ライトノベル編集部
「日之影ソラ」先生係／「匈歌ハトリ」先生係

スマホ、PCからWEBアンケートにご協力ください

アンケートにご協力いただいた方には、下記スペシャルコンテンツをプレゼントします。
★本書イラストの「無料壁紙」　★毎月10名様に抽選で「図書カード（1000円分）」

公式HPもしくは左記の二次元バーコードまたはURLよりアクセスしてください。
▶ **https://over-lap.co.jp/824005618**
※スマートフォンとPCからのアクセスにのみ対応しております。
※サイトへのアクセスや登録時に発生する通信費等はご負担ください。

オーバーラップノベルスf 公式HP ▶ **https://over-lap.co.jp/lnv/**

元宮廷錬金術師の私、辺境でのんびり領地開拓はじめます!③
～婚約破棄に追放までセットでしてくれるんですか?～

発行 2023年7月25日 初版第一刷発行
著者 日之影ソラ
イラスト 匈歌ハトリ
発行者 永田勝治
発行所 株式会社オーバーラップ
〒141-0031
東京都品川区西五反田8-1-5
校正・DTP 株式会社鷗来堂
印刷・製本 大日本印刷株式会社

ISBN 978-4-8240-0561-8 C0093

【オーバーラップ カスタマーサポート】
電話 03-6219-0850
受付時間 10時～18時(土日祝日をのぞく)

第11回 オーバーラップ文庫大賞
原稿募集中！
イラスト：じゃいあん
【締め切り】
第1ターン 2023年6月末日
第2ターン 2023年12月末日
各ターンの締め切り後4ヶ月以内に佳作を発表。通期で佳作に選出された作品の中から、「大賞」、「金賞」、「銀賞」を選出します。
その物語は、
きっと誰かが
好きな物語。
【賞金】
大賞…300万円
（3巻刊行確約＋コミカライズ確約）
金賞……100万円
（3巻刊行確約）
銀賞………30万円
（2巻刊行確約）
佳作………10万円
投稿はオンラインで！ 結果も評価シートもサイトをチェック！
https://over-lap.co.jp/bunko/award/
〈オーバーラップ文庫大賞オンライン〉
※最新情報および応募詳細については上記サイトをご覧ください。
※紙での応募受付は行っておりません。